刘索拉 著

声 浪
涯 迹

Wandering
in Sound

Liu Sola
and Friends

刘 索 拉 与 朋 友 们

作家出版社

刘
索
拉

作曲家，作家。生于北京。

毕业于中央音乐学院作曲系，师从杜鸣心。

音乐作品有歌剧《惊梦》《自在魂》，舞剧音乐《六月雪》及大批影视音乐、管弦乐队、人声艺术与綜合乐队作品等。个人专辑《蓝调在东方》《中国拼贴》，最新作品《中国击打组曲》《动物图腾组曲》等，2003 年创建"刘索拉与朋友们"中国乐队。

文学代表作小说《你别无选择》《女贞汤》《迷恋咒》，散文、歌剧剧本等。曾获全国中篇小说奖等多项奖项。作品被翻译为英、法、意、德、日文等。

曾旅居伦敦和纽约，曾为柏林世界文化大厦国际顾问组成员。现居北京。

目 录 CONTENTS

II. 与好友对话选

III. 后记

■ 前　言

　　没想到这么一本小小的书竟写了这么长时间，就像是这个乐队，没想到当初一个简单的虚想，要经历这么长时间才终于有了坚实的存在。

　　本来想得很简单，成立一个以中国人为主的有能量的乐队，让年轻人听到中国乐器的声音也如听摇滚乐般地兴奋，民乐家们再不是海外中国城异国情调的点缀……

　　这么一个青年时代孩童般的幻想，竟引逗着我用了二十多年的生命来琢磨和实践，发现——还是饮食结构不一样呀。

摄影 / Jamil Abbas 2017. © 刘索拉（北京）音乐工作室提供

边写，边作。胸无大志，不过是一堆的细节。就像是在园子里种不起眼儿的茵陈蒿，古老有毒有益可以野生蔓延的植物，那些叶子每天有不同的芳香，人吞一小粒能杀死热毒。据说能延年益寿，又据说吃多了能致死。懂得它，发现一株草上都是魔。

1993年开始用中国说唱形式来创作"中国蓝调——蓝调在东方"，不过是这个虚想的启程，2003年，中国乐队的成立，也不过是这个虚想的落地，曾经以为什么都明白了，2007年下笔起草，可写着写着，发现离明白还早着呢，停笔，接着处理不断发现的音乐会新问题，在一场两个小时充满技巧的音乐会里，不仅没有错误，并且每个人每个音符都光彩，每秒钟都带着能量，要达到这种销魂的境界，不是光琢磨美妙虚词可以解决的。

这世界上，独立乐队多如牛毛，每个乐队都有一火车的辛酸，艰辛并不是重点，成功也不是重点。

这个乐队里的这些人，是一些卡在转折时代之间的优秀音乐家，他们经过上个时代的束缚，又在经历这个时代的松绑，这一松一紧，其实是人性转折的一种折磨，也同时是音乐观转折的一种折磨，音乐观的改变，就是世界观的改变。

他们大多数是中国的民乐家。

音乐，岂止是那些站在聚光灯下发出的高昂歌声？岂止是那些宣传功效歌词的陪衬？岂止是辉煌盛大的天才记录？杨靖手下一个泛音，胜品百年陈酿余香。

重点是音符的魔力，无数音符滚动，组成无数振动能量的海洋，影响着世上无数人的情怀，音符之海变幻多端，怎是文字能说清的？

关于这本书

　　在我们幼年教科书中，有很多高大上的先人，无意中被当成课本和人生标准，于是成了我们幼小心灵中的大山。在课本和琴谱中，有那么一堆固定的大山，一个比一个高大，首先基本上不容易爬上去，再者，爬上去见到的也不过是先人偶像肩头上的鸟屎。还可能会听到先人的诅咒：我已经在这儿了，你来挤什么呢？下去。下来，爬上另一位先人的肩头，只见铜像的眼睛一瞪：没有主见的跟屁虫！一口唾沫，把我们啐到先人脚下。

　　于是待在先人脚下的巨大阴影里，仰视着，凭借那巨大的影子，觉得自己融于其中也很安全，不时冒出来仗着影子的高大可以指责同代和下代的卑琐，心中生怕走出那大影子，自己的影子登时显小。

　　其实所有学音乐的孩子都希望能够和莫扎特一样体验那种挥霍音符的狂喜，和肖邦一样体验用手指与钢琴间的奇迹建立自我王国，和Jimi Hendrix（吉米·亨德里克斯）一样体验声音和生命纠结不散的存在和消失。这些音乐的精灵都没有刻意要当山峰，只不过是飞翔于每个音符的瞬间。

　　只有摆脱地理和社会的界限，才能充分体验到声音和灵魂的关系，让声音帮助人活下去。这一点，似乎在我们的课堂上很少被提及。我只是很清楚地记得在中国音乐历史课上，曾有老师提及古代传统音乐艺人的下九流地位——却很少提及古代音乐艺人在演奏音乐时享受到的飘然状态；在西方音乐历史课上，每个作曲家都是人类思想的贡献者——也很少提及音乐给他们带来的无可取代的纯粹境界。无论极高或极低的生活地位都无法改变音乐家是信息媒介者的角色，任何地域的民族音乐永远是本土文明信息的记载，一位贫穷的演奏家在音乐中的角色并不次于堂皇的作曲家，而作曲家也可能不过是用声音搞装修的声音工头。思想者也罢，工头也罢，媒介也罢，手里抓的都是抓不住的声音，别看它们是抓不住的，但只要它们的振动磁场在你周围，它们就形成了或诅咒或保护你的音墙。

　　这永远是很有趣的话题，就因为声音无形，它就是最强大最有魅力最难定义的存在，任何声音，重复多了就把人绕进一种迷魂阵、一种魔圈。阳气太多的声音重复多了，人冲动难当；阴气太多的声

2007. © 刘索拉（北京）音乐工作室提供

音重复多了，人沉沦难浮。哪个音水汽太大？哪个音火气太旺？

　　这书里面既没惊艳的故事，也没什么可嚼舌的私事。属于一种关于nothing（无）的书，除了音乐什么都没有，而音乐本身就是无。这书每句都是关于我们乐队和有关音乐的细节，却没有什么大目的大意义。这世上有种种活法，选择哪种，都不容易，都有很多细节牵扯进来。

只要留心，人的一生会一路遇恩师，帮助人走完命中注定的路。甚至一草一木、一音一符、言谈闲友等，都能无形中成为恩师，让创作成为身体和精神的养分而不是野心的重负。

　　这书的本意是献给我们的乐队——"刘索拉与朋友们"乐队。大部分关于乐队的内容是贯穿于和乐队键盘手季季的对话之间的。

　　季季是个毕业于中央音乐学院键盘专业、从三岁开始弹钢琴弹到二十三岁后对弹琴彻底绝望的孩子。从放弃到成为乐队的年轻键盘手，她属于那种喜欢思考音乐的孩子。鉴于她对乐队历史的兴趣，我就拿出些照片跟她唠叨。这些照片里的人都是一些整天围着音符转的人，他们的世界其实不大，外面的大世界也不见得都知道他们是谁。但这些人对于我来说，就是一支带领人们进入声音世界的队伍。比如，李真贵是谁？他对于中国民乐界来说，是老大，民乐协会的主席，中央音乐学院民乐系老系主任；对于外界来说，他是国宝级演奏家，但不见得所有人都懂得听国宝级演奏；对于我来说，他手下的鼓声展示了中国鼓的魔秘性，从他的演奏中我能听到时间的运动，那些声音是从过去渗过来的，而不像现在人手起手落不过是当下之音。我信命，和他的合作奠基了我们这个乐队的命运，我们这个乐队的存在命中注定会坚持很久。从成立到今天，已经从三代音乐家的合作变成了七代中国音乐家的同台演出。

　　因为有了李老师，才会有那场在2000年举办的引起巨大争议的民乐实验音乐会。那次音乐会，奠基了"刘索拉与朋友们"中国乐队的存在。之后这个乐队以新的音乐理念贯穿，而不属于任何已经存在的流派。我为这个乐队创作的作品，不再屈从于任何委约的要求，无需仅仅当西方需要的异国之音，更放弃常规的人声表演与乐队的关系。吉他老五（刘义军）最近鼓励我说："索拉姐，这块净土一定要保住呀。"这是我希望的，也是我们所有人希望的。所有走进这支乐队的人马上就被声音的本质环绕，以被声音激发后的自我本质，再去激发观众。所有前后参与到这个乐队项目的人，都在声音中找到家人般亲近的乐队关系。

　　只有在做音乐的时候有毫无保留的精神，才能充分发挥自己的精神和身体能量，才会找到乐队成员之间及人与声音之间的无保留。因为有了这支乐队，"中国音乐"这个概念对于我这个学西洋作曲的人来说已不再是表面要强调的装饰音，而是自己身体的一部分。

中国音乐的神秘处正如一个丰富的野生花园，它的音乐因素的不可预测性就像风随时会吹来的种子。听古曲的时候，你不知道琴者什么时候断句或延时，间歇多长，下句要去哪儿，因为每个演奏家处理得都不一样。这就是琴者自由意志的足迹。

但是听惯了常规西方音乐的中国人却已经对这种国风不熟悉了。中国古代琴曲的散漫正如同不守时的赴约者，说六点到八点才来。听惯了奏鸣曲结构的人，知道了什么时候绿灯走红灯停；但听琴曲，条条弯曲路，前者直走，后者绕走，还有蜘蛛行者。但只要这种漫无边际的声音爬进你的细胞建立了链接，你怎么跟着那声音走都条条路通"丹田"。

季季提到在音院，学西乐的和学民乐的有很不同的方式，似乎西乐学生面临大批的新乐谱，而民乐学生一生只面对有限的乐谱。其实中国有大量的古代音乐等待着发掘和重新整理记谱，只不过进入到当今课程的乐曲有限，就给了学生们错觉，以为民族音乐没有西方音乐的承传丰富。但是有意思的事情正是发生在所谓简单的民乐记谱中，因为那些乐谱看上去简单，又没有固定的演奏法，各派大师的指法都不同，因此给后者留了很多想象的余地去自由处理。这也是中国古代音乐的精华处，哪怕一生只面对有限的乐谱，十岁的时候和九十岁的时候去演奏，是绝对不同的效果，那些乐谱中充满"不可预测"的潜在信息，可以用不可预测的手法来处理。一个人有可能花一生时间才能表现足了那些音符下的隐喻。所以来回换不同角度演奏一首曲子也能成为很有意思的事。

上多了音院的人，其实不见得比业余的音乐者对声音更敏感。但是经过学院训练的音乐家有更多掌握音乐的能力。对声音的敏感以及对音乐的掌握力，这二者如果兼顾，就有了在音乐中的大自由。耳中囊括天下所有的声音，才形成鉴别的敏感性，练习曲和技术含量不过是通向音乐大餐的品牌灶台厨具菜谱等等，如同真正的高等厨师在原始古堡或高级酒店或家庭小厨或野营宿地都能搞出美味来，对声音语言敏感就能沟通条条自由的声音大道，这种敏感性是对部分学院的训练课程也永远是对学院派音乐家的挑战。

怎么摆脱音乐语言的程式化永远是我们面临的课题，比如弹多了浪漫派音乐的人，表达愤怒或激情，永远逃不出去贝多芬或柴可夫斯基式的影响。也有人会反驳问：那么现代派的愤怒和激情是什么？现代派的特征就是把任何容易鉴别的普遍性情绪都转化为极端的个人化情绪。因此，欣赏现代派作品，必须具备对人性扭曲的敏感度。

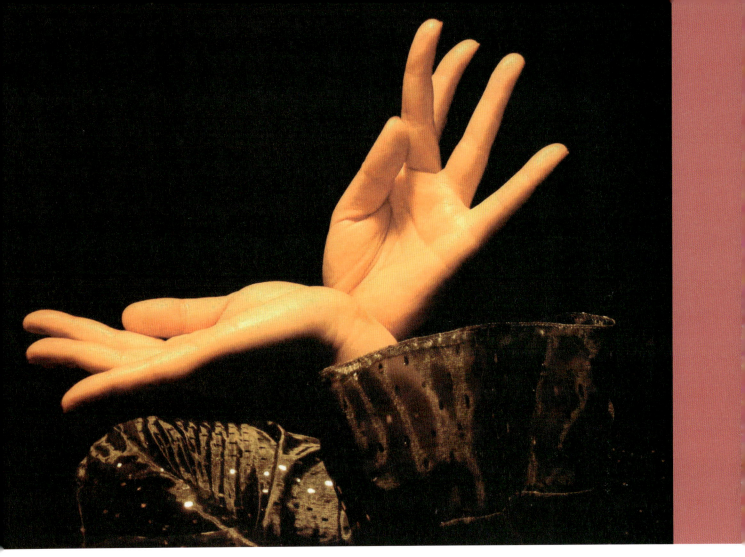

为刘索拉歌剧《惊梦》广告拍摄

摄影／吕乐 2006. © 刘索拉（北京）音乐工作室提供

　　对于创作者而言，每个不同的生命阶段都会产生不同的音色和处理音乐语言的方法。作为一个受学院训练的作曲者，我几乎没有任何学院训练中不可缺少的里程碑野心，而不过自然认为音乐是生命的显示，我活着，我的音乐就活着，如果演奏我音乐的人能感受到我给予的活着的音乐提示，他／她本人也继续活在这个作品里。其实很多的现代音乐作品都不是碑文，不是停笔后就定圣旨，演奏家必须一音不差地甚至死照指法去演奏。今天的乐队成员必须具备即兴演奏的能力，才能对音乐和对自我有更深度的认知，从而演奏出今天这个时代的有重叠个性多联的声音。哪怕一音不差地照乐谱演奏，演奏者本人的光彩才真正是音乐的本质。

在这个乐队，没有主角，没有配角。我们共同存在，用声音对话。我在写谱子的时候想着每个人，如果我的乐谱能让乐手在设定的声音指向中释放其特有的个性，就算是写对了。

但什么是特有的个性？不去拼命找，谁都会以为那些别人设定好的程序就是自己会认同的。最近我去了一场著名的诗歌朗诵会，诗人是当代著名诗人，他诗歌的内容往往涉及沉重的生活经历和社会哲理，但因为朗诵会上用的伴奏音乐是小资调轻浪漫伤感式的，如同小巷中的葬礼，或被离弃的怨妇阵阵哭诉，加上自告奋勇的朗诵者们用尽了煽情的长呼短嘘，我也竟然被煽得快哭出来了，但心里却抵制地说：这不对的，这个诗人的诗是悲哀的，但不是伤感的，悲哀和伤感不是一回事。终于，我忍不住了，站起来带着哭腔说，这音乐太煽情了，和诗的原意不符。果真，说完了，坐下，无论音乐再怎么煽情，朗诵者们再怎么煽情喊叫，我都没有同感了。

想寻找自己身上对普遍意义情感的特殊理解，必须要学会即兴创作，让生命告诉你，你其实是怎样的。练习即兴音乐是个漫长的人生经验，先是学会即兴对话，语出惊人，然后学会从身体里拿出"精性命之至机"[1]的声音。

逻辑性的极致和疯狂的总和，就是中国古代人的灵魂。

读读明清小说，句句铿锵有韵，中国古代人和音乐其实是没有距离的，更别说在上古了，音乐主宰人为。人缩小，音放大。光无我或自恋都形不成完整的音乐，音乐需要天灵地气。正如音乐家接不到自己乐器的地气就演奏不好那乐器。这点，中国民乐家们有得天独厚的优势，就是那些乐器和本土的深厚历史。我们常说，一种"老"声儿，就是指声音和生活有漫长的关系。

大家都以为新的音乐仅仅是人们从未体验过的新声音，其实新声音中包含很多的老声音，这些老声音使新声音的出现不再做作矫情。

1　精性命之至机——《啸赋》/ 晋·成公绥 / 王耀珠《中国古代乐论注解》说白了：如同把你自己熬成一滴药。

打击乐的"压缩性"张力我们常能从架子鼓、印度鼓、非洲鼓，甚至日本鬼太鼓那里听到，但中国鼓演奏的张力如何发挥？吉他演奏的疯狂忘形已经被吉米·亨德里克斯杀出先例，但琵琶和古琴演奏者如果要自然回到古代的追求至极状态，首先需要的是摆脱陈规而给自己创造一个至极的氛围。

演奏家如何克服演奏时手下发软或者"混"？

学院训练可以教会人如何控制、有意追求、精致处理等人为的技术，而建立自我则需要补充另一半：放弃、无意、自然、神性。这就是大师的演奏风格：放弃与控制，有意与无意，精致与自然，人神并存。

我不敢鼓励乐手练习灵魂出窍，反正我自己也不会。但在演奏音乐的时候，突然进入到忘我状态，这永远是音乐家最宝贵的瞬间。用声音来刺穿大脑，进入到那个面对声音、一切明了的境界，在那里，只言片语都显得多余。

在这本书里，我不断讨论能量爆发的事，因为在这个乐队成立后的十几年中，这一直是个经常要强调的话题，主要是我们谁都没在音乐学院里学到怎么发疯，那是个如此文明高雅的音乐高等学府，从那里走出来的人，都是淑男淑女的样子，我也曾经带着这副样子和那些身经百战的美国蓝调音乐家对话，是他们教会我如何把自己从自己身上扔出去。因此在这个乐队，我希望每个音乐家都有自己的独立能量而不是藏在别人的声音之后；每个人都能掌握爆发力与理性的关系、身体与声音的关系。这是个试图把音乐与自己拉近并把音乐拉进到听众的乐队；即便如此，却不失音乐本质的灵魂性和仪式感，通过这些人的无数生活和工作的细节，我们看到音乐家的真实生活，音乐家保持孤独同时重视团队之必要；是这些真实的音乐家向我展示着音乐的地气，由于他们我明白了那些所有和演出有关的小事，明白了一个优秀的乐队不仅要有团体性能量的聚集，并要鼓励每个人忘形的演奏瞬间，以及知道如何保护演奏大师们的特殊状态，等等。除此以外，还得吃好。

多说一下吃对于做音乐的重要性吧。2015年，我接受了北京电视台一个选秀节目的邀请，作为训练导师来训练一个被刷下来的器乐演奏者。这是一个很年轻的演奏者，基本上没有受过什么正规的训练，仅有的演奏技术都是他自己学了一些基本演奏技巧后摸索出来的，曾经被某电视台收为幽默小品的学员，以演奏和滑稽表情来娱乐观众。结果那些娱乐招数没有使他入选，反倒使他沦为笑料。有同情他的老师建议把他送到我这里训练，给予再次的机会。于是他在我这里开始了一个月的训练。且不说他没有读谱的基础，最大的问题是他不能坚持长时间的训练，一会儿就累了，更不用说坚持一场近两个小时的音乐会，甚至不能坚持一个四分钟长的高能量曲目。没有这种体力基础，在几分钟之内保持一致的精彩演奏也会很困难。为了几分钟有能量的演出，他必须有每天十个小时的训练。但是他没有精力。问他平常吃的是什么，说是早晨去外面买个包子，中午吃顿盒饭，晚上减肥。所以，我做的第一件事就是，喂他。在我这里受训期间，每隔两三个小时就给他吃香蕉、牛奶、奶酪或蛋糕等等，午饭和晚饭都有肉，保持高热量高能量进餐。这样吃了几天他就开始丰满起来，坚持十个小时的练琴也不觉得累了。长话短说，最后他以出色的表演和风格使在场的导师和观众惊讶，为他自己赢回来演奏的自尊。

吃得好，对专业音乐者是非常重要的，因为做音乐是脑力和体力兼顾的事情。有些演奏家去参加"辟谷"活动之后，瘦了许多，但是反应也慢了许多。让音乐家去辟谷，就好比让战士在打仗之前绝食。

还有一件事也是我们乐队的特点，我们每个人都有资格被公平合理地"骂"，也就是每个人的错误和弱点都会得到全体的公开批评。年轻的演奏者们很多都被批评哭过，上了岁数的犯错也同样被年轻人指出，我们也得厚着老脸认错。我们互相监督着演奏过程中的每一个音和每一个瞬间，于是就有了这个小小的集体；于是读者们可以看到有这么一些在漫长的时间中摸索声音的人，简单愉快地活着。

I.

浪迹声涯

—— 由"刘索拉与朋友们"乐队照片引起的话题

■ 音乐命

季季问我的第一个问题：当初介绍年轻音乐家进咱们"刘索拉与朋友们"乐队有没有经过一些面试考核，或者用现在流行的那种说法，叫海选之类的？

如果季季记得2010年她妈妈把她带来那天的情景，这个问题已经自然解答了。那时我住在用798包豪斯风格工厂区的厂房改装的工作室，外面下着大雨，厂房区的路面非常泥泞，傍晚的时候，天已经黑了。季季和她妈妈进了门，两个人的皮靴都是湿的。她俩是从北京城的西头来这个东头的工厂区，肯定是坐了很长时间的公交车，因为798那边没有地铁。季季那时是个小胖子，喜欢穿男人衣服。我招待二人吃饭，季季妈妈说到季季考硕士的事。吃完晚饭，两人要走了，再次提上各种沉重的提包和雨伞，准备冒雨穿越北京城回家。这两个人的形象给我的印象很深，让我想到在"文革"期间，我妈妈从十校回来，为了我能继续学音乐，拉着我到处去拜师。那无数求助的场面，对一个孩子来说，其实是刻骨铭心的尴尬。所以在她们临出门的时候，我突然冒出一句话：这么聪明的孩子还能没前途？没人收，我收了。

没想到这句话就如同给季季的命运扳了轨道，她去考硕士的指挥系钢琴伴奏那年干脆没收人，于是她就上我这儿来了。

于是我身边就多了这么一个小胖丫头。

三岁始学钢琴，二十二岁音院键盘系毕业，千里挑一固定音高的耳朵，对什么工作都想试试，就是不愿意弹琴！

如果我们这本书止笔在2015年，我可以说到2015年我在深圳音乐厅演讲，邀请季季上台回答问题和演奏时，台下居然有人落泪，看来她命里注定只能弹琴。

所以我信命，我们这个乐队的存在从始至终都是命中注定，根本不需要海选。下面我说的这些乐

"刘索拉与朋友们" 乐队 2015.10.19,　　　　　　　　　　摄影 / 清澈传媒

队的故事，一定要从我和李真贵老师的缘分说起。

　　这些杂七杂八的话题，没有季季在旁边插科打诨，我也想不起来这么多，季季无时无刻不在的问话或感叹在书中会如同间奏般从始至终跳出来，使我这个乐队的照片故事集变成了一种直接或非直接的两代人对话。

李真贵和中国新民族大乐班音乐会

　　1991年秋，我曾晒着太阳和一位美国大牌音乐经理空说一个梦想：建立一个有能量的中国乐队。他说，不可能。

　　这句"不可能"，就启动了我实现空梦的可能。

摄影 / 鲍昆 2000.

到了上世纪九十年代末的一天，我被邀请去听纽约中国城内一个小剧场的中国打击乐音乐会，进去一看，原来是我在音院时的民乐系主任李真贵先生和他儿子蒲海在演奏。那个小剧场，台不大，两个打击乐家站在上面加上满台鼓，看着阵势不小。两人一开始打，我一下子就被那声音和架势给吸引住了。这怎么不像我过去听过看过的任何中国文工团风格的打击乐演出呢？

"文革"之后，很多中国民乐的演奏变得充满了谄媚的市俗精神，毫无个性可言。

而李老师他们的演奏，却呈现出古代打击乐的仪式感。这样的演奏，让我从对日本鬼太鼓的迷恋中走出来：

原来中国鼓也是同样魔秘的。

听完音乐会，我走到台前向李老师握手祝贺，如同天下有缘遭遇的音乐家一样，我们马上同时表示将来要合作。这握手，就是今天"刘索拉与朋友们"中国乐队的开始。

季季：　直到现在网络上点击率特别高的一些很牛X的鼓的视频啊什么的很多都是非洲鼓印度鼓，连日本太鼓的地位都起来了，中国鼓一直不怎么受重视。大家之前都不知道中国鼓怎么回事。这些年有一些摇滚乐队实验乐队喜欢用中国鼓了，但总感觉形式大于内容，实质还是架子鼓撑着，中国鼓搁台前头看着特热闹，其实没声儿。跟演双簧似的。

一个缘分开始了，怎么继续下去？和李老师约定合作，但下面具体怎么做？我还不知道。尤其那时在纽约美国音乐圈里，大家都习惯和住在纽约的非洲鼓印度鼓日本鼓鼓手合作。

当时中国在国际的地位还很低，属于仅有的几个社会主义国家，给音乐家办出国签证很不容易。哪个国家都不愿意让我们进，所以在世界上游走特别难。所以我就想，干脆我回来吧。我就在2000年回国来找李老师，我说干脆咱们在国内合作吧，在这儿省事儿，又守着音乐学院。正好国内有个机会来找我做音乐会，我就跟李老师说，咱们先折腾一台民乐的即兴音乐会，看看效果怎么样。结果李老师给我带来他所有的学生，凑了一个以民乐鼓队为主的乐队。当时我们没什么大目

刘畅、Gert Mortensen、李真贵、刘梦（从左至右）　　摄影／清澈传媒 2015.

的，就是先折腾个音乐会，看看民乐家们的潜力。那时候，我胆子比现在大，不怕失败。我给那台音乐会瞎起了一个名儿：新民族大乐班。大乐班既是从美国爵士乐队 big band（大乐队）引意而来，又是中国民间乐队的传统称呼，两个名字同出于民间，发声还近似。

季季：明白，就是爵士乐的那个 big band。我还看到一个说法叫新民族大乐队，还是说就应该叫大乐班？我感觉大乐班更准确。

无论叫大乐班或大乐队，我当时都是本着那种big band精神来作实验的，把中国传统曲目看成 standard（爵士标准曲）曲目，在传统曲目基础上加入即兴演奏。前面那张照片，在李老师的周围，都是当时他的学生们。弹古琴的袁莎、打击乐的乔佳佳、吹笙的吴彤……边上这个孩子是拉二胡的，叫蔡阳，当时是现代音乐学院的。那次是个实验性音乐会，任何民乐器都能参加，也不局限于中央院的，非常开放。

我想知道的是：中国民乐家们到底有多灵活？他们的潜力在哪儿？

季季： 咱们乐队还有过二胡呢！看来各种民乐器都有。这群人现在还在咱们乐队里的，好像也就剩乔佳佳和李老师了。

2000年新民族大乐班演出广告

17

■ 再听

摄影 / 鲍昆 2000.

看这张照片想到当时启发学生们即兴演奏的场面。现在这些学生们早都毕业了，当时最能灵活即兴演奏的是吴彤，他那时已经是个摇滚明星了，同时又是个非常好的演奏家。

由这么一堆孩子们玩儿一场音乐会，打击乐、古筝、管子、唢呐、二胡……大部分曲目是用传统曲目来实验"再创版"，在传统曲目上用即兴的手法加上他们自己的印记。这是一种进入即兴的初步训练，如同用熟悉的乐曲先"变奏"，然后彻底走出来。

摄影／郭盖 2000.

季季： 他们在前面演传统曲目，您跟着在旁边即兴唱？

其实重新处理已经熟悉的传统曲目，在传统曲目上加上自己的处理方法，并不是什么新招儿，过去老艺人们创派差不多就是这样的。只不过是现在国内的民乐家们由于长期的学院化，就没有承传过去口传心授和创派的灵活性。

当时我能够做的就是用即兴演唱来引导他们，启发他们的自信和想象力，最终帮助他们在自己的乐器上展现各自的即兴演奏才能。

小孩儿们都很兴奋，我记得当时袁莎演奏的那首《蕉窗夜雨》，我们全体都参与了改编的过程，大家一起商量怎么给她加打击乐，加即兴部分、变速，包括演奏时的swing（摇摆）风格等等，使这首曲子今天听起来就好像是精心编配出来的。

我们需要这样一种集体参与创作的过程，才能使乐队摆脱以往的、由作曲者控制一切的沉闷作风。

只有每个乐队成员感到自己对音乐会的特殊贡献，音乐才能又恢复到传统音乐那种活力，因为传统音乐家都会忍不住在演奏时为古代乐曲创版，以表示自己处理音乐的独到之处。

所以我们就试着给传统广东乐曲《蕉窗夜雨》加上点儿今天音乐生活的痕迹，凭着年轻人们的理解，让《蕉窗夜雨》在袁莎手下翩翩起舞。

那次音乐会是我们后来漫长路程的开始，通过那次实验，我们可以问自己，民乐和民乐家们到底能自由自在迈着大步走出去多远？

这是个再听和再创的过程，是从得心应手起步，进而理解当代演奏风格的一点儿道理，但并不等于是所有古曲演奏的方向。

把一首乐曲演奏出古代还是演奏出今天来，都是音乐美学风格的研究课题。

我们必须具备各时代各种音乐美学的意识。

在那个简易的音乐会中，我们跟着这些民乐的通俗教学曲目开始了试着走回千年或者试着走到未来的一种特殊的民乐经历：

走回到中国打击乐弹拨乐的起源——仪式性和自由感；

走到未来，用祖传的音乐来实现我们真正想追求的精神上的大自在；

在古老的灵魂中听到对当代的启示。

袁莎

摄影／洪惠瑛 2003. © 刘索拉
（北京）音乐工作室提供

泛说民乐

要说"世界音乐"这个概念的唯一好处，就是帮着原始的音乐美学走进今天。印度鼓、非洲鼓、朝鲜鼓、日本鼓，都从原始仪式跨越到今天的trance（迷幻），而trance正是原始仪式的能源。但中国鼓的声音仍旧藏在时间背后的角落。

所以那时我很不自量力地想，怎么先用中国传统乐曲启发民乐家们的即兴精神，也许能把中国民乐的气质拉到今天？同时又推回到古代？

而不是老让这些声音在中间待着，不新不旧的，听起来不是像宣传品就是像媚俗品。

很多的民乐曲怎么就剩下民国格调了？而连明清格调都没了。

一说老音乐，很多音乐格调基本上就是民国的痕迹。

季季：对，民国似乎又加了很多修饰。

明清时代对音乐的修饰是那些非常讲究的小技法，可以听出来，因为那时候文人们大量地整理乐谱，他们同时参与了修饰。但是到了上世纪三四十年代，对音乐的修饰就不是很讲究而是很世俗的了。

民俗是宝贵的，但不等于是媚俗的，比如琵琶音乐一直很有民俗风格，因为各朝代的市民都弹琵琶。

古代音乐讲究的是声音和技巧的细节，没有那么多明显的情绪和大旋律。

就像白居易《琵琶行》里形容琵琶女，形容的都是琵琶手法，在手法中显示了一个女人的故事。当你处理声音有独到之处的时候，就自然能引起情绪。而不是为了情绪而情绪——比如"大珠小珠落玉盘"，如果轮指做得好，自然就像是珠子滚落，引人无数联想。

我记得古代音乐中滑音和倚音很多，例如：$^{\#}1_2$（从一个短暂的音很快到另外一个相对稳固的音。那个倚着的音就好像一个柔弱者一靠在强壮人身上，就马上化掉了），声音就很游移神秘。但后来常用的所谓"环绕音"，例如23 变成 32123 （在主要的音符周围环绕性加上装饰性音符，就好像是两个人用一条彩带缠着，看着挺花哨，其实还是那两个人）。

季季： 加了很多花纹儿似的，表面华丽，不痛不痒的修饰。

每个朝代有不同的民俗审美情趣，似乎到了民国后，那些古曲中很讲究的细节就没有更多的发展，而好像更注重旋律性的展开，这可能是和民国时代流行音乐的兴起有关系吧。

记得我曾经有一本民国时代出版的广东音乐乐谱集，里面每一页上都是很西化的小装饰画儿，像是过去法国意大利咖啡馆里的小插图。很多民间器乐曲中的华彩乐段不是那些很细致的演奏手法的标注，而是多了堂会般的喜庆旋律。

季季：而且传统曲目其实听着也不怎么传统。在学校时候听到的民乐音乐会就感觉节奏都差不多。所以就感觉他们老特像唱大堂似的，都是"活儿曲"。

我之所以敬重李真贵老师，除了他的演奏风格，还喜欢他编写的中国打击乐教材。他编写的教材很注重打击乐技巧细节，选的曲目也重视承传的要点。李老师本人的打击乐风格很有古朴的民间风，所以他的教材也重于纯打击乐的细节技法，偏重于打击乐中的雄性。即便从那些普及乐曲《鸭子拌嘴》《打溜子》里，也能听出好多古老的节奏和技术。

季季： 哎哟, 说到《鸭子拌嘴》，其实我们也没有专门学过这曲子，因为我们不是民乐系的。不过老能听见他们打。但是演出形式和人的演奏状态就是特像解放后的风格（笑），有点儿特故意积极的一种风格——资料显示作于1982年。

很多后来改编的民间乐曲，原素材一听就是老的，改编得也好。

中国当代有几个民乐大改革的阶段，一个是延安时期和解放初期，音乐家们去采风，然后把采来的民间音乐整理出来，基本保持原结构和风格，遵守民间的质朴；

一个是在上世纪六十年代"文革"前，很多传统作品被西方古典浪漫主义学院派技巧、结构和美学影响了，统一有了所谓专业的修饰。

这种半学院半民族的风格一直持续到如今。包括我们听到的很多精彩的民乐，结构上都有现实主义浪漫主义的戏剧性。尤其是演奏姿势。

所以从现有的民族音乐中挑出更古老的遗迹，需要有会挑剔的耳朵和眼睛。

对今天的小孩儿们来说，民乐演奏是什么？

季季：以我上中学时粗浅带偏见的认知，觉得传统曲目就那么几首，对于尤其是学西洋乐器的小孩儿来说好像感觉说到民乐的时候，我不知道该不该这么说啊（笑），就是小学一套曲目，中学还是那套曲目，大学还是同一套，到研究生还是一样，就是越演越油了（笑）。

学西乐的孩子由于被种种西方乐曲的练习苛求得"苦大仇深"而不了解民乐的内涵。民乐这个宝矿，远远不止我们在音乐学院上学期间所能了解的那么一点点儿的曲目。并且如何诠释今天被翻译成五线谱和简谱的古曲，如何更深了解那些曲子的种种处理方法，及当时和音乐有关的一切，各朝代人对古曲的不同演绎，等等，学问多得深不可测。

季季：因为学西洋乐器的一般从小练琴都练得特苦，五个八个小时都很正常，还总觉得时间不够，老看人家民乐系的也不练琴，然后学习还都挺好的，感觉他们时间特别多。就以为他们曲目好像已经固定了，可能现在曲目更多。但在我上附中的时候，就比较少，至少跟弹钢琴的比少得多（笑）。

古琴的普及乐谱看起来就有那么两大本，其实还有很多没有包括进去，还有更多的乐谱没有打出来的呢（注：把古代文字乐谱演奏整理出来叫打谱）。

仅仅把所有已经存在的古琴谱都演奏准，就够演奏几年的，然后就是研究每个音的音色，那又够琢磨几年的。

中国古代乐曲的结构没有奏鸣曲那么清楚，我老是琢磨：他们是怎么把那么散乱的谱子背下来的？

老是变化，又没什么规律，其实古时候就是记住大结构加上即兴，每个后人打谱都会有不同的处理：这个人的断句是在这里，那个人的断句是在那里。有人把半音标注出来，有人干脆把半音标成滑音。

光看目前学院流传的古谱就有很多可猜测的神秘变化，所以学民乐的人需要脑子灵活。

没有水平的琴者根本不会明白姜白石的音乐，得有很多年的修养才能演奏那些很玄妙的古曲。

季季：到您这儿之前说实话我其实对民乐也不是特感兴趣，除了古琴。因为其他已经听皮了，尤其古筝跟二胡这两个乐器，已经用得有点儿烂大街了，虽然说传统曲目好像也几大本儿，但他们演来演去就那么两首，要是不演那几首，好像要么是显不出水平，要么是大家不爱听。所以有种人一听民乐要寻找一种——说是认同感可能不准确，或者就说熟悉度吧。好像就觉得啊，这个曲子得我听过，才是自己的，可能有这种心理。

听西洋乐的人也有对曲目熟悉度的认同啊。全世界听西洋古典乐的人都能把那些伟大的典范乐曲背下来；听流行音乐的只认同跟着他们长大的歌儿；看电影的人喜欢那些跟着他们长大的明星。

在西方曾经有过这样的争论：到底什么是最流行的音乐？结论是：贝多芬、莫扎特。因为这两个人的音乐才真正是全世界所有人都知道的。

我们在作曲系的时候要听各种各样的传统音乐和民族音乐，但对很多曲子每次听都像第一次听到。也许是因为我前面说的，那些结构对于我来说很陌生，不像西方音乐奏鸣曲那样，一听就是主题、发展部、转调再现、coda（尾声）等等，倒是听俗了。

但是那些民乐，全像是大写意，无边无际，那么多曲牌，很不好背。

其实我小时候也听很多民乐曲，但总是听着很感动。好像在那些音乐里有一种生活和意境，离我很远又很近。

我对所有传统音乐都有那种新鲜的认同感，可能主要是因为它们各自的语言那么不同，它们显示了不同的解释生命的方法，而不是我从小在钢琴上学到的普遍被认可的那种功能和声式的思维方式。

打个通俗比喻：弹贝多芬的《月光》，你能感觉到那些和声律动的规律；但听古琴曲《潇湘水云》，你不知道琴者什么时候断句或者延时，间歇多长，下句要去哪儿等等，因为每个演奏家处理得都不一样。这就是那神秘处。

季季：我也不是觉得不好听，可能纯粹就是听腻了，或者说其实小时候学西乐都有点儿觉得自己好像比民乐高级的心态，现在长大了明白这种心态特别傻，想想有点儿像被殖民地了似的。其实学的是外来的东西，可就是觉得比自己民族的音乐高级。当然这种心态的产生肯定也跟民乐的发展情况有关系。

工业革命之后就把西方文化的优越地位给架在地球的高处了，现在想把那优越的铜像给敲下来其实是很难的。

本着麦当劳吃多了的人想吃大包子，领带打多了就想换马褂的精神，往自己家里看，发现谁都不是穷到连声音都没了的地步。

民乐给当代人的错觉是代表政治宣传、贫穷、媚俗等等，可能是因为在"文革"时，所有的西方文化被禁止，只有革命化的民间文化有通行证，这使大家把传统文化的私人化和个人性都忽略了，使它离开了中国个人的空间。

在"文革"时，西乐的禁果由于私密性而被视为艺术；而民乐的身份却由于公共而变暧昧。

小时候我接触最多的传统音乐是京剧和昆曲，还有别的戏曲，记得那个教我姐姐唱京剧的老先生是个很有名的"青衣"，他用粗哑嗓子教我姐姐唱青衣，教我唱花旦，那老男人的哑嗓子唱出来的女人味儿魅力十足，那双男人的大手能做出种种美丽的扭捏，令人难忘。

他让我从幼儿园时代起就明白了唱歌不一定非用亮嗓门儿，等长大更明白了传统京剧的发音原来是那么"现代"。

在"文革"期间我才近距离听到琵琶演奏，被那些超人的指法惊呆，那些音色的隐魅力和钢琴的激情不是在一个世界里。

后来上音乐学院的时候真正接触到古琴，拨下弦，就清气灌顶。

弹钢琴越弹血越热，弹古琴越弹血越凉；乐器就是哲学吧。

喜欢某种声音是和音乐语言有关系，跟乐器是否有多少练习曲或技术含量没关系。我喜欢不停寻找新奇的声音和音乐语言，低音贝司和吉他固然很牛，但是古琴和琵琶也很酷！

季季：唉，这种纯粹对声音的兴奋，可能就是作
曲系跟演奏专业的区别。
（ _ ）

安志刚、蒲海、李真贵、张列（从左至右）　　录像截图　2003. ⓒ 刘索拉（北京）音乐工作室提供

中国乐队的起步 —— having a good time

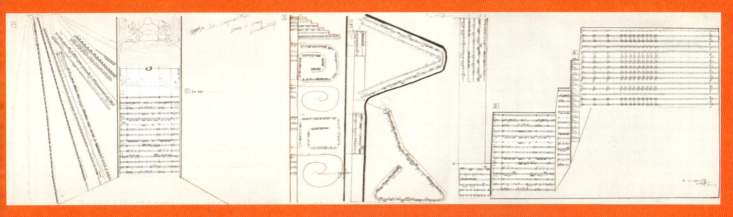

刘索拉［形非形］总谱　　摄影／雅昌．ⓒ刘索拉（北京）音乐工作室提供

　　通过2000年那个民族大乐班的实验音乐会，我确认中国民乐家们是脑子最灵活、最喜欢尝试各种音乐上玩儿法的。所以在2003年，当我受到德国某现代音乐节的邀请办我的个人系列音乐会时，就趁着这个机会把"刘索拉与朋友们"中美乐队集合起来了。

　　这也是我们的中国乐队正式开始世界首演的机会。我专门为了那次演出写了新的委约作品：《形非形2 / In-Corporeal 2》。 这部作品是为了每一个在场的音乐家们专门设计的，因为那次演出牵扯到美国摇滚爵士音乐家和中国的传统器乐演奏家合作，所以在作曲的时候我留了很多即兴演奏的空间，大部分是为了美国音乐家，少部分是留给中国音乐家开始接触这类的即兴演奏。

　　比如在打击乐部分，我为中国音乐家写作的音符多，即兴部分少，每一打击乐声部只有几小节空白是为了即兴，如果他们对这几小节的空白不能很快习惯，他们还可以从我写的谱子中随意挑出来不同动机放在这几个空白小节里。如果他们觉得那些即兴空白太少，可以在最后完全即兴起来。就像是一种音乐上的填空练习，先填空造词，然后造整句。

我的很多作品都是在启发大家的即兴演奏思维。

当时大家对这种新的演奏方法都很兴奋。

2002年底乐队在刘索拉798工作室排练。
左：安志刚，中：李真贵，右：张列

录像截图 © 刘索拉（北京）音乐工作室提供

季季：李老师这精气神就能看出来，特别高兴。
张列看着也特享受。我还喜欢安志刚这一组照
片，耍起来了，特别逗。

李老师老是跟小孩儿似的，在照片里，他在琢磨自己那几小节的空该怎么填，好像回到了小学生

做填空练习的状态，他看起来特兴奋。

这个中国乐队的鼓队从一开始就是李真贵老师带领的鼓队，做这个填空即兴练习时，每个人都非常兴奋。他们每天都在讨论那些填空的打法。打着打着，他们就好像进入一种trance。

安志刚也是个小孩儿性格。他那时的身体已经很不好了（几年后他就去世了），但是一玩儿起音乐还是特活跃。他和我是一届的，从上世纪八十年代起我们就合作过。

© 刘索拉（北京）音乐工作室提供

看上面那几张照片，李老师、张列、安志刚正在很兴奋地讨论怎么演奏和怎么即兴，突然，安志刚开始即兴起舞，旁边二人看呆！

We are having a good time（我们玩儿爽了）！这是美国黑人音乐家最喜欢说的话。做音乐就得 having a good time，而不是在集中营里受罪。

Having a good time，就是我们这个乐队的起步。

学会用音符自由对话

在传统的作曲体系训练中，教科书中的作曲家们形象高大，占据着音乐思想家的古堡。所以作曲系学生们自然承袭了这种骄傲，以为我们写出来的每一个音符都是不可变动的，哪怕其实我们是抄来的，也必须当思想供着。

但在我毕业之后，游走列国，教会我明白灵魂里有音乐的人大都是那些学院之外的江湖乐人，比如美国黑人蓝调音乐家、爵士音乐家们，他们在传授音乐时，毫无保留，可谓从来不属于任何"单位"，不计较音乐功过，但从他们的演奏中，我猛悟到音乐的始源和魅力。

全世界、从古至今，音乐家都是一样，来用音乐交谈。而交谈的前提，必须是有话可说的。

如果一个乐队，不是由演奏机器组成，而是由一群有话可说的音乐家组成，那么，无论读谱或即兴，都会使音符活着出来。

反过来说，一个无话可说的演奏者，即便照着谱子精确演奏也免不了有不知其所以然的嫌疑。

所以，我们这个中国乐队成立之后，除了照着乐谱演奏——读谱是大家的长项，就是训练即兴演奏。

这又是我当时的另一大空想：如果好的演奏家们都掌握了即兴演奏的技巧，他们将为中国音乐提供多少不可思议的可能性？！

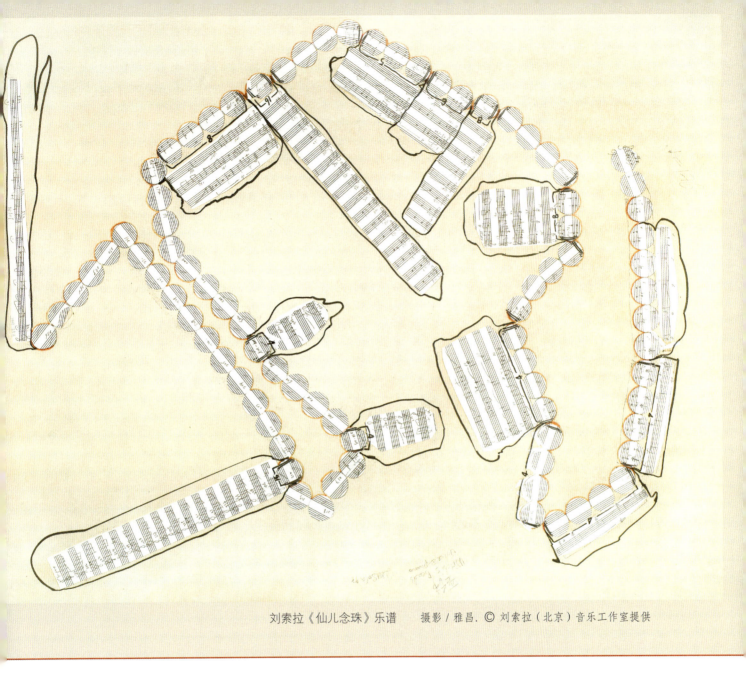

刘索拉《仙儿念珠》乐谱　　摄影／雅昌. © 刘索拉（北京）音乐工作室提供

这其实是作曲者很难做到的，因为作曲者不可能了解那么多种乐器的具体演奏手法。

但我们中国乐队遇到的问题首先就是太学院化，大家读谱一流，任何乐谱的试奏都没有障碍，可只要有一小节的即兴演奏，都要经过特殊的训练和启发。

这是所有学院训练的结果——在即兴演奏前缩手缩脚，因此演奏中的一点点儿自由都成了全世界学院毕业的音乐家面临的挑战。

季季：学院中搞演奏的有一种集中营式的训练法，这样出来一方面技术训练特别好，但又会磨灭好多东西。这个好像是中国特色，国外学音乐的没听说是这样的。

想象莫扎特、贝多芬、肖邦、李斯特等在即兴他们的钢琴作品时那种彻头彻尾的自由境界！今天我们反倒被他们的自由束缚。

我的作曲本科老师杜鸣心先生就是一个杰出的即兴演奏大师，在他给我上作曲课的时候，常常在钢琴上演示他的想法，很多时候，这些想法就是一首完整的即兴钢琴曲。

即兴音乐完全是靠思维的火花来结构的，是一种高较量的音乐思维方式。

即兴演奏是最能展示音乐家个性的时候，也是演奏家最享受的时候。

但人多数音乐学院训练出来的音乐家思维都被训练成程式化的运动，好比我问：你情绪好吗？对方只能奏出贝多芬式的和声来表示愤怒。

所以，我常常用一个或几个小节的动机来启发演奏家，就像是你不断挥动手臂，挥上一阵，就会有意想不到的动作冒出来，你来回重复一个动机，那个动机自己就会变化起来。

季季：就跟我练《仙儿念珠》的时候一样，您发明的这个方法特别有效，这种练习即兴的方法是跟着惯性带出来的，动机先给你，然后重复重复着就多一点儿自己的，一个一个招儿攒出来的。直接上来就纯粹即兴对于我们这种一直弹谱子的人来说，刚上手特别容易抓瞎。紧张得不行，血全往头上涌，然后脑子一片空白，满脑子怎么办怎么办，来不及思考，最后就有可能凭本能抓出来一些特别程式化的、以前熟悉的套路。就跟您老说中国您这一代人不管从事什么行业的人，喝大了都唱革命歌曲似的。我记得您跟我说的谁谁一即兴《黄河大合唱》就出来了，要不就是老柴、贝多芬之类的，大分解和弦咣咣就砸上了。人本能反应出来的东西都是小时候听到最多的，或者跟生活的时代和经历有关系的声音，这些声音就像刻在骨子里似的影响太深，所以我自己就特别注意想尽量避免这些。

在即兴演奏的时候，特别显出来音乐家的音乐美学是什么。

音乐美学又像是美食者的感官，碰上讲究音乐趣味的，那种即兴就是整个音乐会的亮点；碰上音乐趣味不讲究的即兴，还不如就照着谱子演奏算了。

无论是严肃音乐还是流行音乐，都有很好的作品，很有价值的音乐美学。

一个音乐家演奏出来或者写作出来的声音，价值在于个性，价值在于独树一帜。

每个音乐种类都有别具一格的声音，严肃音乐的逻辑性和哲理性，流行音乐的尖锐意识形态和别出心裁，民间音乐传统的灵魂性，等等。

即兴就像是人们的对话，很容易说废话，也有时说出话来有意思。

说废话几乎是无法避免的，在很多即兴的音乐会上，听到的音乐和饭桌上的废话是一样的。

但有时饭桌上会有人突然冒出智慧话题，就是即兴的精华。

独立的能量

摄影 / 洪惠英 2003. © 刘索拉（北京）音乐工作室提供

　　终于，在2003年1月，我带着中国乐队在柏林和美国乐队会合，"刘索拉与朋友们"中美乐队世界首演揭幕。

季季：当初Fernando（佛南多）他们还在的时候，和民乐家一块儿排练的时候有什么特别不一样的气氛吗？因为我没赶上那个好时候（笑）。

那场面，可以说是我们乐队having a good time 的延续和高潮。也正是那热火朝天的友谊和热情让我看到了两国音乐家不同的气质。

对于中国乐队来说，当他们三个美国人 Amina C. Myers（爱米娜·梅亚）、 Fernando Saunders（佛南多·桑德斯）、 Pheeroan akLaff（佛让·阿克拉夫）一出现，中国音乐家就像吃了激素似的，全都成"人来疯"了。出色的美国爵士摇滚音乐家人人身上带着一种强磁场，谁接近了他们自然禁不住被感染，当然这三位也不例外。

而三位美国音乐家也是同样地受到了中国音乐家磁场的激励，他们看到这些中国人手下奇怪的乐器和超人的演奏技巧，觉得中国音乐家简直都是神仙下凡了。

因此那几天，无论是排练还是演出，大家都好像是抽了鸦片似的忘我。

当然情绪的高涨并不见得代表深入的理解，有一点是中国音乐家不知道也可能当时不会理解的，就是出色的美国爵士或摇滚音乐家，他们都是在音乐中不要命的人，一旦演奏，整个命都搭上，所以在任何他们的演奏状态中都会有一种 fatal （致命）的精神。这种精神，对于当时的中国乐队成员还是很陌生的。

这种深层气质的不同，就会造成本质上的疏离。一旦美国音乐家们停下演奏，中国音乐家们的演奏会不会马上软下来？

那高涨的场面是不是由于那些美国音乐家在撑着？

没了他们，我们会不会成为找不着烟抽的大烟鬼？

季季： 带有中国元素的美国乐队（笑），等于乐队的整个骨架子都是美国的。

有种特别肤浅的说法是"东方遇西方",就是"east meet west"或反之。美国骨头中国肉或英美骨头中东肉非洲肉等等,这种情况下east的劲儿多是靠west在那儿撑着。这是个很危险的事儿,长久下去,我们就失去反省和独立的能力。

很简单,架子鼓的思维方式和中国打击乐的传统完全不一样,架子鼓一出现,中国鼓全都没声了。那些细节也白打,打了也像架子鼓节奏的装饰音一样。

还有那蓝调特征的贝司线条,它一出现,琵琶又好像是装饰音了[1]。

因为那动人的声音是全世界都熟悉的声音,它的出现就是定义,在这个定义下,我们的所有声音都是装饰音。

一场热烈的中美文化拥抱后,我开始看着这些中国音乐家们,想着:他们身上的原始能量如何越过重重社会的障碍爆发出来?

摄影 / 洪惠英 2003. © 刘索拉(北京)音乐工作室提供

1 装饰音:环绕着一个主要音发出来的声音,在文学上就好像缀词,在衣服上就好像花边,在夫妻关系上就好像长得好看但没脑子的那位。

2003 1 10

爆发力

很多作曲家不理解我为什么要训练演奏家们即兴演奏。这是我多年来向爵士音乐家们学习的经验，只有让即兴演奏变成演奏技术的一部分，演奏家才能学会把音乐当身体的一部分来对待。

因为在即兴的过程中，你体验到的所有情绪都是真实的，如果你在即兴的时候不能放松，你在演奏乐谱的时候也不会放松。

比如说，演奏中的爆发力。

极端疯狂的演奏总是离不开对爆发力的控制。说到爆发力，我总是喜欢用佛让·阿克拉夫这张照片来做例子。他这种爆发力，绝对不是在西方古典音乐家中常见的，而是当代爵士摇滚音乐会中的光彩。

在西方摇滚爵士乐界，我们常能见到这种热血沸腾型壮男，一兴奋起来就收不住，一即兴就刹不住车。

所以我每次看佛让这张照片，都会想起他当时那种竞技状态。他常常处于那种爆发型的即兴演奏中，毫无准备，突然发出一阵出乎人意料的鼓声，鼓声中还夹杂着他的吼叫。

我也总是希望中国的打击乐家可以很轻易地处于这种能量爆发中。

再回到即兴这个貌似简单的事情上，即兴音乐就像是把自己的脑蛋白都转换成药物一样，一边动着脑子想声音，一边不动脑子地制造让你自己兴奋的声音。

这种边想边不想的状态比酒精或药物换来的兴奋要复杂，属于脑力＋体力＝迷醉。

这样的迷醉和忘我状态肯定会比酒精或药物麻醉更健康。一会儿，你就把自己扔进了一个自我制造的"天堂"。

但是那个天堂也不是很容易待住的，它就像是一个快车道，你稍微一走神、一开始犹豫，感觉、思维和身体在一瞬间突然没统一起来，它就马上把你扔出轨道。

Pheeroan akLaff　　摄影 / 洪惠英 2003. © 刘索拉（北京）音乐工作室提供

所以即兴时的音乐家就像是赛车手，一疏忽一犹豫就翻车。

爆发性的即兴，有时候很危险，音符出现在脑子里或者耳边的同时，就已经被演奏出来了，它们是凭着音乐家对声音敏感程度的惯性冒出来的，可以比喻成一种音乐性的分泌，随着音乐家的兴奋程度被分泌出来的声音，出生得太快了，有时甚至不能保证残疾与否。

就像是伍迪·艾伦早期作品中那些随时准备跳伞的精子一样，最怕犹豫（这个故事说的是一粒精子，要在主人做爱的时候如同跳伞般跳出去和卵子交配，但是它不敢跳，于是影响了主人的好事）。

要是即兴者突然脑子里变成一片空白，开始回到现实，开始找自己在现实中的位置——我在哪儿？在干什么？我做得对吗？当这一系列现实准则一出现，对音符的分泌就马上停止了。没被分泌出来的声音们就又得回到子虚乌有之邦等待着下次出生的机会。

我们长期面对着激情、思维、身体、理性、感性之间的较量和排练，如同面对身体上的脉络，当它们同时被疏通打开了，最辉煌最危险最自由也最紧张的分泌声音蛋白的瞬间就开始了。这些瞬间是做音乐的人们可以享受到的天赐之福。

所以，对即兴爆发力出现后的控制，永远是对即兴演奏的课题。

即兴演奏，绝对不是排斥逻辑性和纯生理性的。

好的即兴演奏正如晋朝成公绥描写的，是"精性命之至机"的直接结果。

身体和声音的关系

我很小的时候，一听音乐就手舞足蹈。但是越长大以后越是不会动。

记得有次我姐姐带我去钓鱼台公园过"五一"节，很多朝鲜族的人在公园里又唱又跳。我姐姐说，你看人家少数民族，随时都可以唱歌跳舞，就是汉人，活得那么呆板。说完她就跑过去和他们跳起来。当时我站在一旁看姐姐，很羡慕，却不敢动。马上觉得自己是汉人。

刘索拉童年照　　私人提供

可能这就是为什么我总是想跃出自己的身体和文化背景，为什么喜欢黑人音乐家。比如Amina（爱米娜），她浑身都是音乐，和她在一起，有股音乐磁场会影响到周围，穿透人的身体。

你看，爱米娜在演奏《仙儿念珠》的时候，是要站起来表演的，目前我们乐队没人可以代替她的位置。即便以前在美国，也很难找到谁能代替她。她会在作品中间突然站起来跳舞，就像是个主持仪式的大仙儿。每次她站起来舞蹈的时候，台上和台下都一片兴奋。

她不是简单在舞蹈，是在用身体当振动频率的中介。这就是音乐最初的本质。

音乐家用身体捕捉到振动频率，在发射振动频率的同时止不住会自然地手舞足蹈。

这种舞蹈不是设计好动作的，每次演出的时候动作都随着声音变化，不会重复，也记不住曾经的动作，说白了，身体就是天线。

这个天线的原理，无论在演奏或演唱上都有用。

无论接收还是自己制造振动频率，你的身体都是在受振动频率的控制，而不仅仅是靠脑子控制。

Amina
2003. 录像截图 © 刘索拉（北京）音乐工作室提供

　　比如我们在纸上读乐谱，就觉得乐谱像是一本本哲学书。但如果我们把自己的身体变成一个让音乐行走的频道，就会发现音乐并没有那么遥远和神秘。

　　我记得曾有个好朋友给我讲怎么用"气"弹钢琴，而不只是用手指。我试了一下，果真功夫见长，音色也变了，好像不是我弹的。当然这不是一两天的功夫，得学会让那"气"随时都在手上运动。

　　不得法者，气随时能没，手随时就僵。

　　你身上总得有一个出口可以让音乐之"气"横行吧。如果纯粹靠学院派的作曲专业训练，得先坐在那里想半天，再写半天，再求乐队和演唱练无数日，等作曲的听到了自己的音乐，已经基本不认识它是谁写的了。做音乐的需要一个更快让自己感受声音的通道。

　　对我来说，钢琴即兴演奏的声音太"准"了，就有局限；

　　而即兴演唱，更加自由无拘束，在中国古代，叫"啸"。

通过做即兴演唱，我明白了这种让振动频率控制身体的道理。当你的身体成了自然的音乐通道，音乐会自然发出来。

尤其是对于即兴创作，身体的导向就可能帮助音乐的导向发展。

比如下面这些连在一起的照片，就是一个小小的创作游戏：

这串照片是我在即兴一段音乐时，用手的动作启发音乐思维，用手臂表示声音的形状，让身体和我唱出来的声音发生一串飞快的对话，不知谁在前后，可能是手在引导脑子，也可能是声音在引导胳膊，总之，这些身体动作帮助我在很短的时间内创作了一段主题音乐，成了整个乐曲的高潮。在此之前，我完全不知道这段音乐该是什么样。

感兴趣的人可以做同样的练习，可以看着这些照片猜什么样的音乐会产生出来；或者重新排列照片，体验音乐如何随着不同的形状变化。不同形状的音乐，声音肯定是不一样的。

录像截图 Ⓒ 刘索拉（北京）音乐工作室提供

43

对视

　　我反复看2003年那次中美乐队成功演出的录像，有个细节跳入眼帘，觉得很好笑，并且明白了一件小事：在和音乐"发生关系"的期间，任何一个小举动都会影响音符的走向。

Fernando Saunders 与杨靖、袁莎　　录像截图 © 刘索拉（北京）音乐工作室提供

　　上面是我从录像中剪出来的照片：

　　第一张照片，美国音乐家Fernando（佛南多）边弹贝司边微笑着走向杨靖，试图和杨靖用眼神和音乐交流，但是杨靖不看他，正襟危坐，似乎生怕跟他对笑有作风问题的嫌疑，结果佛南多冲着杨靖的后脑勺笑了半天；

　　第二张照片，佛南多发觉和杨靖用音乐调情完全没戏，于是转身去找弹古筝的袁莎；

　　第三张照片，袁莎抬头看了佛南多一眼，想冲他笑又没敢，马上低头弹琴，也生怕被指责为作风不正。

　　这就是我们中国乐队的女神们在2003年第一次和美国乐队合作的样子。

　　对视，在爵士乐队中是非常重要的，因为有很多的即兴演奏，当音乐家对视时，很多意想不到的效果就会产生。虽然我们这个乐队是以民乐为主，但借用了大量爵士乐演奏的做法来启发中国民乐家的即兴演奏。

一个强调每个演奏家个性的乐队，乐手之间心领神会的交流使音乐家之间更紧密地配合和互相倾听，可以"碰撞"出意想不到的乐思。这种在音乐会舞台上的对视如同用音乐展开了一场毫无保留的对话，音乐家们互相欣赏和信任的眼光，无法掩饰地把自己的音乐灵感贡献出来。

如同掏着心窝子聊天，不能边聊边怀疑对方，一怀疑，谈话马上就无聊了。

就好比有些人跟人说话不看着人，对方会闹不清他的话是对谁说的。

季季： 是不是可以说，对音乐家来说通过音乐聊天要比语言更真实更直接，背景和文化的干扰少了，拿音符即兴说话，碰撞出来的可能是自己毫无预料的真心话。我也是在练习即兴的过程中才逐渐体会到那种演奏跟说话聊天一样的感觉，因为以前演奏古典音乐时会觉得，这不是我的语言。虽然学了这么多年古典音乐，好多作品确实很喜欢，也能听出来哪儿好，也觉得特别牛X，但好像就总觉得不是我的东西，有距离。所以造成一种演奏习惯，然后原来弹琴时候的状态和平时的表达也是脱节的。

这简直是一种表达感情的方式与能力的显示。在音乐会的舞台上，音乐家们的即兴表演也根据每个人的性格而不同，有完全倾诉型、保留型、不负责型、害羞型等等。

当然还有些无聊的即兴乐句如同无聊的恋爱谈话，没有任何前途。

所以，音乐家的日常人生观其实是显示在即兴演奏风格中的。

Fernando Saunders 与刘索拉

录像截图 1999. © 刘索拉（北京）音乐工作室提供

结果这么一件小事，成了我们乐队后来反复强调的事情。

害羞是中国人的传统，走到电梯里，很少有人主动和人微笑的，不是因为别的，就是害羞；于是电梯里的气氛便显得紧张。

这个大多数人不会察觉的小事，和我们的生活习惯有关，也关联着我们的演奏甚至创作风格。

看杨靖在2007年的演出照片，已经和2003年大不相同，这是她在和张仰胜演奏一段即兴音乐，她频频回头和在后面打鼓的张仰胜交流。现在杨靖演奏时的潇洒开放和爵士音乐大师不相上下。

杨靖　录像截图 2007.　ⓒ 刘索拉（北京）音乐工作室提供

再拉近和音乐的距离

　　我开始琢磨这个乐队如何独立地站立起来，它不是一个仅仅表现民族古典或现代派音乐的乐队，而是一个有独立个性的乐队，它要具备的不仅是学院的训练，而同时要让"巴洛克"的极致和"摇滚"的疯狂并存。

　　这极致和疯狂的总和其实是什么？就是中国古代人的灵魂。

　　中国古代人和音乐其实是没有距离的，这从明清小说里都能体会到，更别说上古了。

　　和音乐保持距离是天主教的贡献。直到西方浪漫主义和现代主义才拼命把音乐再往自己近前拉，到了摇滚乐家几乎要随着音乐爆炸算了。

　　Stockhausen（施托克豪森）强调说演奏家要"变成音符"，这句话可见今天音乐学院教育面临的危机。

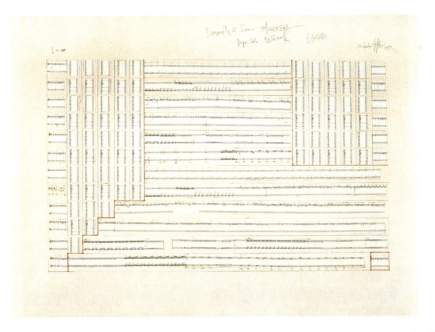

琵琶独奏曲《蜻蜓与天鹅》，作于1999年。后来这首乐谱成为我人声琵琶重奏作品《飞影》的琵琶部分。
摄影／雅昌 ⓒ 刘索拉（北京）音乐工作室提供

我真是由于认识了杨靖，才想到把《蜻蜓与天鹅》这部作品改成《飞影》，变成了一部人声和琵琶的重奏作品。

让人声紧紧追随着琵琶千变万化的指法，似乎琵琶不仅有手还有了嘴，去追求那种似古如今插花似的精致音乐境界。

在这部作品中，不追求狂放的即兴演奏，而是由琵琶和人声更加一丝不苟地去演奏乐谱，非常紧密地配合，才能尽可能把那种中国音乐传统中小音符细情调满天乱撒的神秘感，用今天的态度表现出来。

狂放的即兴并不代表所有今天的态度，我喜欢把音乐的精致和疯狂总和起来，如同绿草纷乱的原生态花园，如同在生活中发生的各种事情。

初演这个曲子并不容易，我和杨靖演奏它的时候，每秒钟都是较量，人声和琵琶部分极端的细腻交错和有控制的爆发，每小节每个音都需要我们互相对音乐的默契。

在演奏这首曲子的时候，我们总是互相紧紧盯着，如果不如此，哪怕音符对了，音乐也会丢失，就如同一个物体不能丢了影子，人和音乐的关系也该是如此之近。

在完成任务，特别糊弄，他们演得乏味，我们在下面听着更乏味。要是独奏的话，平时练习可能也有很大一部分是跟应付考试有关的，因为有时候学校和老师有一些制式化的规定。所以磨到后来我觉得他们有时候就感受不到自己跟音乐的关系了，至少跟当下弹的这首曲子没什么关系，跟乐器也没关系了。

刘索拉《节奏密码》乐谱设计，2009.　　摄影／雅昌 © 刘索拉（北京）音乐工作室提供

■ 演出的仪式感

　　如果要追求音乐上的极致，就需要仪式感般的全身心投入，而不是把音乐演出仅仅当成"活路""职业"。

2015北京国际音乐节　　　　　　摄影 / 清澈传媒

自从新中国成立后，中国音乐家们都被编制在文工团体里，拿着工资，演奏上面给的宣传演出任务，所以渐渐形成了几代音乐家的职业风气，就是心不在焉。哪怕都是专业上有特殊天赋和成就的中国音乐家，也需要从与国外艺术家交流中找回音乐的仪式感。因为我们在自己的生活环境周围很少能找到范本。

2005年参与驻法非洲现代舞蹈家、非洲古老宗教的祭司Koffi Koko（考菲·蔻蔻）的祝福仪式演出，对张仰胜来说肯定是终生难忘。尽管仪式不大，但非洲艺术家们的气场感染了在场所有艺术节的工作人员。那次仪式是为在柏林的世界文化大厦国际音乐舞蹈节的开幕祈福，很放松简单的小型音乐舞蹈表演，毫无装腔作势，但那气氛让观者拿着酒杯以为喝了迷魂汤。这可能就是非洲古老宗教的魅力所在，靠人本身的磁场而不靠什么别人的经文罩着。

仰胜被邀请参加仪式的表演，就在开演前，突然，仰胜跑出来找到我说：索拉姐，我害怕！

我说：你怕什么？

他说：他们在拜神！

摄影 / 徐羽 2005. © 刘索拉（北京）音乐工作室提供

我说：他们拜神你也跟着拜呀！他说：我不能拜！我是共产党员！

听了这话我都笑翻了。然后基本上是用手一扳他肩膀，让他向后转，然后用脚踢着他的屁股：你给我回去！跟着人家拜神！这就叫文化交流，你要参加人家的仪式演出，不拜人家的神你知道你干什么吗？

他就被我给踢回去了。

一会儿，仪式开始了，我看见一个小小的仪式队伍从草地那头走出来，最后一个是仰胜。一看他的样子我就笑了，他已经被围上非洲筒裙，像小孩儿一样，带着被大人揪着非玩儿不可的表情：没辙，不玩儿打你！

音乐舞蹈仪式完毕后，就是喝一种红水。好比道教发功、佛教开光、基督教喂吃喝，我们喝的那水里肯定也带着什么磁场。我们这几个主要策划人都喝了。喝完了也没出现什么幻觉。

51

季季：这个红汤儿什么味道您还记得吗？（笑）
所以咱们乐队这个起步就特别好，特别干净，也
没有要成功要得利的目的性，没有好多附加的利
益斗争什么的。这个挺难得，有点儿需要天时地
利人和的意思。

那种好玩儿的气氛里，给我什么都喝，喝了再说。当时我们一起策划音乐舞蹈节的有Johannes Odenthal（约翰内斯·欧登塔尔，现在是柏林学院艺术总监）、Gabriele Tuch （加布里埃勒·图赫）、Sarat C. Moharaj（萨拉·马哈拉吉，学者，艺术策划人，英籍印度哲学家），大家理想一致，没有外心。Sarat 还请我和Koffi一起做一个实验工作坊，有很多学者和艺术家音乐家来自由发挥。

一个"朋友们"式的组合，是无论大小的，可以是为了大艺术节，也可以是为了小乐队。"朋友们"组合就是志同道合、气味相投的，否则不可能把有意思的事情坚持下去。这种组合是种幸运，不是常见的事，也很难是长期的事。

通过各种形式的"文化交流"，我开始考虑我们乐队演出的形式必须有仪式感，杜绝文工团风气。

文工团风气在我们乐队的表现是什么？谁演奏谁上来，不演奏再下去，一个人在上面独奏，其他人在后台等着，抽烟喝水闲聊。等该上场了，在台上可能还想着刚才没说完的话题。磁场全是乱的。所以演出时张力会泄下来，要不那时我们怎么场场出现泄劲儿状，多少演出后一看录像就发现，都这么好的技术，怎么这么软塌塌的？后来明白了，就是没有仪式感。

其实中国古老的音乐传统是很讲究仪式感的。

比如到现在还可以看到的佛教"放焰口"，需要很长时间的音乐表演进行，在曲目之间，不可能和尚们下场去喝水聊天等等。他们必须长期全神贯注地投入到演出中，才能达到"放焰口"的效果。

再看如今还在演奏的山西道教音乐，乐手们一下演奏几个小时，没有间歇，从头到尾声音紧凑。

音乐是泣鬼神的媒介，如同诸葛亮借东风时不可能中间抽空去抽烟泡茶撒尿。

所以音乐演奏的质量，在于乐手们全神贯注的投入感。

于是我开始在我们的舞台上摆阵，并且在曲目之间，即便不参与演奏，所有人也都要坐在台上不

下去。这比较累，但大家的磁场始终不会散。

　　仪式感的另外一种表现就是忘我。我们刚才说过的与音乐拉近距离，如果没有仪式感，总是跳到现实中去偷闲，和音乐的距离就不可能拉近。

刘索拉歌剧《惊梦》剧照　　摄影 / Michael Lowa 2006. © Ensemble Modern 提供

季季：咱们2012年的演出就是都没下去，我感觉特别好，因为这是一个完整的音乐会，气场应该是一直都不散的，不是说没你的音你就跟这个音乐会没关系了，所以大家一直都是凝聚在一块儿的。我记得小时候看我爸他们交响乐队排练，有一个指挥就跟您这个意识是一样的，整场排练

53

的时候不是有的曲目管乐声部有一些人用不上嘛，一般的排练方式这些人就走了，但他就不让演奏员下去，有没有你演，只要这场音乐会你参与，就一直得在那儿待着，而且注意力得特别集中。刚开始好多人平时散漫习惯了，基本上都当活儿干的那种，怨声载道的，排完练下来各种抱怨这指挥事儿多，讨厌。但是排到最后演出效果特别出色，比平时都好得多。他们也就没话说了，认可了这种排练方式。

2007. © 刘索拉（北京）音乐工作室提供

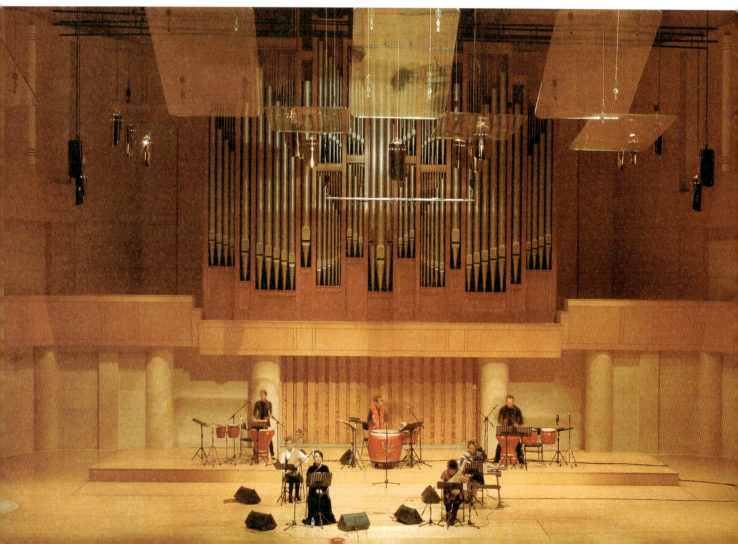

摄影 / Jamil Abbas 2017. ⓒ 刘索拉（北京）音乐工作室提供

■ 孤独无我

杨靖常说：为了一个音，我能去死。

大家看到的都是音乐会上的音乐家，觉得音乐家的生活充满兴奋的声音和人们的注视。其实好音乐家的内心注定是孤独的。首先从小就要花很多时间独自练习音乐，已经失去了多少品尝儿童生活中乐趣的机会；青少年时代的大部分时间都花在琴房里，缺乏和常人社会的对话，不善交际，很多人除了和乐器之间有协调的身体关系，其他的身体动作可能都是不协调的。如果乔治·桑想为肖邦殉情，而肖邦却只为钢琴而亡，乔治·桑死了也扑空，所以聪明的方法就是蹬了肖邦算了。

杨靖 摄影 / 姜东 2007.

虽然作为乐队成员，音乐家们必须常凑在一起，集体演奏，讨论乐谱。但真正的所谓天籁之声是只有音乐家处于与世隔绝的状态，才能听到的。

这种习以为常的孤独状态，使音乐家可以在任何环境下随时断开和外界的联系，和音乐交流。

无论说死在音符里还是活在音乐中，都说的是一种与外界断绝的极致状态，只有耳朵和手指、乐器和耳朵、气息和身体各部位，同时与声音发生关系。

忘掉周围，也忘掉自我，人就缩小音符就放大。

摄影 / 郭盖 2000.

摄影 / 姜东 2007.

老五（刘义军）　2006. © 刘索拉（北京）音乐工作室提供

音乐是无形的、非物质的，不像是绘画，用很多物质造成的画面最后还能变成投资存银行。

演奏家的世界中唯一能摸到的物质就是乐器，于是乐器就成了演奏家"恋物癖"的投射。

老五（刘义军）的吉他上贴着很漂亮的银饰，他对吉他无比钟情。吉他是老五的嘴巴，它私下和老五的交流最多，然后替老五说出他那些变成语言后别人就不太能听懂的老五式哲理。

老五就是那把吉他，吉他就是老五，没有吉他，老五只好抽烟喝啤酒和沉默。

老五像个小孩儿，他用特有的眼睛和特有的耳朵看和听这个世界，不用心理学家哲学家文学家宗教大师替他解释人生，他自己和他的吉他用声音形成了这个地区这个时代的某种代号。

对于杨靖，对于老五，和很多音乐家来说，这个声音的"我"，比"我"更自由，离开了声音，"我"沉静如白纸。

■ 接地气

光是无我或自恋都形不成完整的音乐气质，一个完整音乐家的形成还得接音乐的地气。

有些音乐家接不到自己乐器的地气就演奏不好那乐器。这点，中国民乐家们有得天独厚的优势，就是那些乐器和本土的深厚历史。

在排练我的歌剧《惊梦》时，我从偶然拍摄的排练记录，看到这些非常亲切的场景，让我觉得这些音乐家们在一起很像是一家人。这是张仰胜和杨靖他俩在那儿说演奏，亲密自然，琢磨演奏技巧时，有很多的乐趣和自信。杨靖虽然是琵琶演奏家，但是忍不住要凑进去敲锣，如同一个互相熟悉的民间乐班：缺把手，我来。这总让我想起那些美国蓝调音乐家们，他们轻松随便，咳嗽咳嗽，然后手下生花。

摄影 / 鲍昆 2005.

季季：对，一说曲牌他们就明白。中国民间音乐的特点也就在这儿体现出来了。有一种老剧团的感觉。这种气质和表情太宝贵了，也不是学校培养出来的。我觉得音乐学院现在的孩子没有这个劲儿了。而且说实话也就这一代人了。往后再加新人都没有这劲儿了，他们有民间艺人的灵魂。而且中国也就搞民乐的有这种感觉。

张仰胜和杨靖　　摄影／鲍昆 2005.

和主动、没有架子、没有技巧局限的音乐家们在一起合作，真是享受。这些音乐家没有把音乐仅仅当人生出路、职业招牌等，没有因为学院的训练而失去演奏的元气，而始终保持着音乐和脚下磁场的关系。他们脸上的表情，乐在其中，和世界上任何地方的天然音乐家一样，毫无傲慢做作假装清高深沉的可恨样子，因为他们接着地气。

我们常爱说，一种"老"声儿，就是指和生活有关系的声音，就是带着生活痕迹的声音，或者说被某种生命附体的声音。

比如杨靖随便一调弦，好像就调醒了什么魂灵；

李真贵老师随便敲一下鼓，我就老叫仰胜细听，那声音是长着脚慢慢走出去的，而不是一颗年轻的炮弹。

季季：我觉得现在的民乐演奏越来越失去这个气质跟学院派的民乐一直在往西洋乐上靠很有关系。学中国近代音乐史知道，二胡改革一直在往小提琴上靠，课本上还把这个当作一个成就在宣传，然后各种民乐器都弹改编的钢琴曲小提琴曲，特别不伦不类。还有好多人以"哎，你看你小提琴曲子我二胡也能拉"当作一个骄傲，意思是炫耀民乐技术也能达到西洋乐的程度，但是我觉得其实不是这么回事儿。西洋乐器的调音和民乐也不一样，文化底子不一样，拉西洋的东西听着反而土不土洋不洋的。也不知道这么说会不会得罪人。

这种有魂灵附体的声音和地气很有关系，就好比爱米娜演奏的钢琴带着上世纪中叶的蓝调声音，新人弹不出来。

美国爵士钢琴家不会去挑战肖邦钢琴比赛，二胡如果要挑战小提琴的音准，不如直接拉小提琴。

民乐器的长项是它们独特的音色，那些音色和地气有紧密关系。

没听说馒头非要挑战面包的，馒头就是馒头，也不是面包可以代替的。

保持轻松幽默

刘索拉歌剧《惊梦》剧照，杨靖与德国现代室内乐团Ensemble Modern　　摄影 / Michael Lowa　2006.

　　我喜欢在音乐作品中保持些幽默，搞些小黑色幽默的词和轻松的演奏风格等等，让实验性的过程不做作矫情。

　　《惊梦》那部歌剧的排练和演出过程对于所有参与者来说，都是愉快的，尤其对于我们这个乐队，从排练到演出，充满笑声。

　　这部由三十名音乐家在台上当演员的实验性歌剧，一半是德国 Ensemble Modern （现代室内乐团）的成员，一半是我们乐队，加上特邀的京剧演员和歌唱家，所有人都在台上，边演奏边表演，这是个荒诞故事，有政治活报剧的风格，我在乐谱中标注了每个音乐家的角色，他们要边演奏边表演。

季季：活报剧这个概念肯定好多年轻人都没听说
过了。我也就是小时候听家里人说过。

Ensemble Modern（德国／现代室内乐团）是个精英室内乐团，每个演奏者都是独奏家，经过全
欧洲的考核，来到这个现代乐团。我们乐队在和他们见面之前在北京提前进行了很长时间的单独排
练，因为中国方面担任的角色更多，不仅是演奏，还需要更多的表演训练。

前期排练是在798我的工作室，我们边排练音乐边训练表演。编舞导演是江青老师，她给我们这
些从来不会动作的人编动作很辛苦，比如边打鼓边跳舞，还要转圈，转了一个圈回来就晕了，找不到
乐谱演到哪儿了。

刘索拉歌剧《惊梦》剧照　　摄影／Michael Lowa 2006. © Ensemble Modern 提供

为了表演那些动作，我们每天笑得肚子疼，我们特邀的主唱京剧演员甄建华（已故）是国家一
级京剧演员，江青老师配合京剧的动作为我俩编了很多双人舞。虽然我小时候学过一点儿京剧昆
曲，但那一点儿连京剧门都摸不到，尤其是演一位介乎于戏子和权力野心欲望者的角色，要用很多
美女调情的动作，2006年的时候，我演得跟竹竿儿一样，2008年的时候，对着镜子使劲拧，终于还
有了一分的"骚"。

张仰胜、李真贵、张列　　摄影／鲍昆 2006.　　　　　　　　杨靖和张仰胜　　摄影／鲍昆 2006.

甄建华和刘索拉　　摄影／鲍昆 2006.

季季：还是需要正气凛然呢，要是纯粹按戏曲演员的那种骚劲儿又有点儿太过了（笑）。

孙苹　录像截图
◎ 刘索拉（北京）
音乐工作室提供

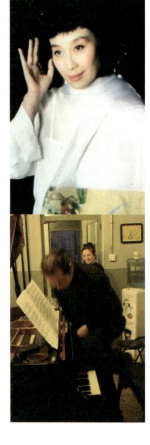

而我们特邀的另外一位京剧演员孙苹，她主演我们舞台银幕上放的风流女性特写，她可以从上世纪三十年代女生一直演出青衣花旦武旦红卫兵等各种风流形象，不愧是真正的女人！

难怪郭文景说过，戏曲女演员的风骚是无人可比的，她们一开口就能让人酥过去，而这种素质，我怎么对着镜子也练不出来。吴静平时只专注唱歌，演个勾搭领导的护士，对她来说最难做到的是表演风流。

除了我要演一个又骚又狂的风流老太，仰胜要演大厨师，梁和平作为文书用钢琴当打字机，在暴力的场面，他试着用脚弹钢琴。

梁和平
摄影 / 鲍昆 2006.

现代室内乐团和我们乐队见面后，大家马上变得亲切融洽，双方的学院背景相像，但演奏的乐器南辕北辙，更是有无穷的相互吸引力。和世界上大多数国家不同的是，很多中国民乐家们是经过音乐学院的严格训练的（这是利弊对半的现实），除了训练民族器乐演奏，还训练钢琴演奏，所以他们很多人具备东西方音乐训练基础，可以跟西方管弦乐队无障碍地合作，试奏同样飞快，进入声部准确。所以那位从奥地利来的指挥 Johannes Kalitzke（约翰内斯·卡里兹克）对我们乐队非常满意。

摄影 / 杨小平 2006.

和现代室内乐团的合作对大家的启发很多，包括他们对待音乐的灵活性、在舞台上的活跃放松、他们人文方面的丰富性和他们节奏紧凑的音乐状态。尤其是在排练时的认真，演出前准备的精力集中，有的坐着地铁抱着孩子，演出时孩子睡在琴箱里，那种nomad（浪人）状态本身就是艺术家的生活写照。

这些小细节都对我们中国乐队是启发，我们的乐队成员们也更加放松随便。

杨靖　2006. © 刘索拉（北京）音乐工作室提供

也学会吃三明治土耳其大饼。

也不再聊什么房地产人事调动或抢购话题。

童心和专业性飞涨。

连不苟言笑的杨靖也踢起腿来。

江青老师是有实力的舞蹈家，加上在国外长期做舞蹈编导，她把传统动作加上现代舞蹈动作放在一起，当然还得考虑我们这些没舞蹈训练的人可以做到什么，训练这么一些手足无措的演奏者在台上跳舞，她急死了。

季季：这样在台上反而有一种特别活跃的效果，不是那么正儿八经的。

尤其是让现代室内乐团走正步，他们死活走不顺。我因为在英国的时候和现代哑剧演员合作时知道他们不会走正步，所以德国音乐家不会走正步是我事先想到并且觉得是非常好玩儿的事情。但江青老师本着专业表演的要求，非让他们把正步走好了。对于他们来说觉得又好玩儿又是一种折磨。

65

2008年的时候，江青老师没来演出现场，我不是编舞的，就说你们爱怎么走怎么走吧，他们特高兴，在台上一顺地走。

后来我和一位德国演奏家聊天，才知道，他们有些人不是不会走，而是不愿意走。觉得走正步太像当兵的，对他们来说，是一个不愉快的回忆。

真是每个国家有每个国家的风俗和记忆。

季季：看他们的动作有一种特别卡通的感觉，像木偶似的。

舞　摄影／杨小平 2006.
ⓒ 刘索拉（北京）音乐工作室提供

江青老师编的动作很有意思，她不采用现代舞中虚无程式化的变形动作，而是抽出传统动作根据当代的政治意义来演绎那些动作，给予传统动作政治讽刺性。这和她从小学习民族舞及坎坷的政治人生经历有关。

在这部歌剧里，有很多双重的隐喻，尤其对于传统，它们在政治和文化的历史中扮演着很模糊的角色。所以我请了甄建华这位国家一级京剧演员扮演勾引人野心的魔鬼角色。我给他写了很多用传统唱腔唱的歌词，他表演的时候常常会加上他自己的动作，即兴表演。

"别忘了你会唱戏……那些传统艺术隐藏了多少做人的秘密。"

我们失去了甄建华那样的演员，是最巨大的艺术损失。他除了是一级演员，还是热情的艺术家。无论遵守传统还是即兴出新，可算是京剧中文武双全的大师。

季季：甄建华真的可惜，他演什么都特别到位。

走　摄影／杨小平 2006.
ⓒ 刘索拉（北京）音乐工作室提供

甄建华　摄影／Michael Lowa 2006.
ⓒ Ensemble Modern 提供

古琴是唯一在中国历史上受到文人尊崇政客保护的乐器。哪怕是在"文革"中，砸佛像的人也不敢碰古琴，连政治杀手康生都把古琴高高供在传统的香台上。这是一个连魔鬼都怕的乐器。它代表了中国几千年的文人文化，尤其是那些古曲，每个音都囊括鬼神。所以在这部歌剧里，被野心搅糊涂了的女皇不禁问古琴：你怎么什么时候都永恒？你到底是魔鬼还是上帝？

巫娜
摄影 / Michael Lowa 2006. © Ensemble Modern 提供

刘索拉歌剧《惊梦》剧照
摄影 / Michael Lowa 2006. © Ensemble Modern 提供

以神圣使命为名义践踏无辜，那使命的符号也会成为阻止人类文明进步的障碍。

在"文革"中有政治野心的人，踩着千万人的头颅跳舞，以为是天降使命，其实是负荆而行。所以我在乐谱中用一串十字架连成了一排围障。我和甄建华在这排围障上即兴魔舞。

刘索拉乐谱例，选自《惊梦》第四场局部。由德国现代室内乐团和"刘索拉与朋友们"乐队联合演出。
摄影 / 雅昌 2006. © 刘索拉（北京）音乐工作室提供

我们的指挥是位很严厉的人，很多我的段落，我都没打算要完全按着我写的谱子唱，但是指挥冲我一瞪眼，我就一句不敢错。憋回去多少玩耍。

季季：您自己写的谱子把自己给框进去了（笑）。

所以当他允许我在第四场即兴演唱的时候，我就在台上踩着鼓点和"魔鬼"狂呼乱舞，表现那种暴力无知的能量。可以从乐谱上看到，我根本没有为自己的演唱写谱子。这是我经常做的，只写乐队谱子，我自己边斜着眼睛看指挥边"自由"演唱，这种和指挥及大乐队时而严格时而即兴的合作状态只有全体的自信才可以做到。

刘索拉歌剧《惊梦》剧照　　　摄影 / Michael Lowa 2006. © Ensemble Modern 提供

　　江青老师看着我们这些笨手笨脚的人在台上跳舞，实在太烦了，终于在台下自己把腿掰到头上，显示真正舞蹈家的本色，那年她六十岁。

　　梁和平说我也能掰，就把鞋放在头上。

季季：这肯定是童子功啊这个。

梁和平　2006. © 刘索拉（北京）音乐工作室提供

演出前的小事

有些小事看起来不值得一提，但我发现在演出前的一些细节会影响到我们演出的状态。

比如，刚开始带我们乐队出国的时候，我们乐队和很多中国乐队一样，喜欢说笑话，喜欢买东西逛店，必须吃中国饭。那时候我们的条件很好，在德国演出期间，总是有专人专车陪我们去找最地道的中国饭馆吃饭，但每次这么吃饭，都耗掉很多的时间。算算一天的时间：早晨在旅馆的大早餐上吃个肚圆，然后逛街；中午开车去找地道川菜，花了很久时间在路上；到之后，饭馆老板格外热情，摆上宴席；又吃又喝又聊，吃完大家已经困了；但有些精神好的还要去逛公园逛名胜，然后到了下午排练时候，真是已经筋疲力尽；幸亏凭着排练场地的小吃提精神，好不容易等到了演出的时候，基本上大家只剩下上床睡觉的欲望。你想，这样的演出能有好吗？

所以我这个恶人，把大家的生活乐趣都给掐了。我要求大家：演出前一律不许逛街；走到哪个国家都学会吃当地饭，而不特别去找中国饭馆；如果不专门找中国饭，就近找各国小吃，又便宜又方便，吃完马上休息；排练时候不要议论交流逛店信息，只谈音乐；演出之后爱逛哪儿逛哪儿，然后大家一起去吃有当地特点的饭。我们常常在演出后租车带大家去逛博物馆吃当地甜品饭菜等等，这样，可以更多了解当地风情。

虽然这都是非常小的事，但就是这些很多不经心的细节，会影响和造成演出及整个乐队的气质。

其实大家都是受过专业训练的音乐家，对音乐的专注是本能的，但当时在国内的风气很容易把专业气氛变懒散。

那时候我常用国外乐队给大家做例子，演出前说演出，而不说逛店。后来和德国Ensemble Modern的合作，对大家极有好处。他们在演出前非常安静，大家都在练习，没有聊天的。

而我们那时候，只要一休息，人就没了。甚至有的演员上了台还没演已经累得出冷汗，一问，白天出去逛的。

季季：可能也是那时候大家都没出过国，所以有一种抓紧时间逛的心态。是不是有种到当地演出兼顾旅游的感觉？可是演出时你脑子还得从那儿收回来，这收还得有个过程呢。

逐渐地，我们在变成一个国际化的乐队，2009年我们去参加一次中国在欧洲主办的世界国际音乐节，作为中国大团队的乐队之一，和很多国内团体住在一个大饭店里。早餐的时候，我们乐队人吃饭最安静，没人高声喧哗；看着别的乐队大包小包拿着逛店战果回旅馆，我们乐队没有一个人去逛店的。我们那次虽然面临很多困境，一路在人迹寥寥的小镇巡演，但最后赢得了当地人最高赞赏，说是"音乐节最好的乐队"。我想这和我们整体的气质有关。等演出完，我说大家可以逛店了，大家哄地全笑了：我们早看好要买什么了！

摄影 / 清澈传媒 2015.

Fernando Saunders、刘索拉、Amina Myers（从左至右）
摄影 / 洪惠英 1999.

2005. ⓒ 刘索拉（北京）音乐工作室提供

压缩式的张力

压缩(compress)，是机械用词，也是调音师常用词。但在我们的音乐会上，这个词成了行为动词，就是音乐家要压缩式表现能量和张力，准确说，从头到尾不能松气，每一个音都尽力表现，从最轻的声音到最重的声音，没有一个声音是大意的，哪怕在曲目和曲目之间也是不能松懈的。

整个一场音乐会，始终用一样的能量，而不能趁着弱音或休止的时候偷懒。这其实是世界上所有最好乐队的风格。

但在中国的演奏中，大家还是喜欢松着演奏，紧张度不够，除了到了乐曲高潮时大家使一下劲儿，大部分时间尽量省力，照本宣科地演奏。这个问题在我们乐队最初几年的演出中常常出现，成了一个特大的坎儿，使音乐会达不到那种能量聚集的效果。

排练时候都挺顺，大家很认真，也没有技术障碍，但到了演出时，常常像是跑不快的马车。

有多少地方，在最需要能量的时候，突然没劲儿了，累了。因为我们这类音乐会，从一开始演出就不能是平庸的，一开始就已经把所有能量都使出来了，接下去的，是如何坚持同样的能量，而不是松下来。这需要身体上的适应过程，一直顶、顶、顶，顶到最后快结束，就是整个音乐会的四分之三的时候……

季季：到了一个至高点？

那四分之三的时候是需要你最大的能量爆发，然后一直顶上去，顶到结束。你在这时候还能有最好的能量，这关就过去了，后头剩下的就越来越过瘾。但如果在这四分之三的时候，大家就没劲儿了，突然软下来了，就会出现一个短时间的松懈。

这个短时间的松懈虽然观众是看不出来的，但他们也能感到声音的磁场在散开，不再能够缠绕他们的注意力。我在台上也能觉出来，这时整个乐队会马上变得很沉，好像一辆很沉重的马车，需要一个人拖着走还走不动似的。

季季：您在演出当时就感觉到了？

Gert Mortensen 2017. © 刘索拉（北京）音乐工作室提供

这样的事情基本不会在一个好的欧美乐队出现，因为美国音乐家习惯全力以赴地演奏，喜欢不断在演奏时追求兴奋点——2015年我们开始和Gert Mortensen（哥特·莫滕森）合作（他是丹麦皇家音乐学院的打击乐教授，又同时熟悉重金属摇滚和中国民乐，是丹麦国宝级演奏家），他从排练到演出，从来没有松懈下来过，每个曲子都全力以赴。但中国音乐家就喜欢"歇歇"，这和不同的生活观念与生活方式有关系。比如，刚演十分钟就累了，或趁着弱奏的时候休息，这样的调节，其实马上削弱了演出的紧张度，因为你人马上就从那个音乐氛围中出来了。但那时中国乐队对这个弱点没有知觉，这可能是在国内大家对没有较量的演奏状态都习惯了。

我对整个乐队的状态非常敏感。每个声部和每个音都和另外的声部和另外的音有关系，如果你的音是松的，别人的音就跟着瘪了。

你的耳朵得四面八方地听，慢慢会有感觉，而不是光听你自己，你要听别的人。一个琵琶的音弹软了，哪怕你用钢琴掩盖，还会听着是瘸的。

音乐是契合，她撒了你就踩空了。好比钢琴演奏巴赫的作品，有一个音弹软了，下头那音儿就不知道怎么接了。

季季：嗯，就跟盖房子似的，可丁可卯一个零件都不能凑合，这就等于地基突然给松了。

在我的乐队概念里，希望这是一个和任何传统概念的乐队形式都不一样的乐队。在这个乐队里，没有唯一的"星"，而大家都是"星"。我的主张是：没有谁是谁的伴奏，大家在舞台上的地位是平等的，我在作曲的时候，给所有人都设计了当主要角色的段落，因此所有人都是主角也是伴奏。

这种和传统概念不一样的做法，使乐队成员的责任更重大，音乐中的细节是每个人要承当的，舞台上的光环是罩在每个人头上的，你无须收敛，但必须精确和精彩。

我希望大家都"抢镜头"，没有一个是在乐队里混的，每个音乐家都熟练掌握从现代到古典的音乐风格，每个音乐家都是独立的，同时是个合作者。

这个"星"的概念和流行音乐明星的概念是完全不同的，音乐家们用自己的精湛演奏来征服观众，又同时知道在乐队里每个人都是一个音乐作品中的重要螺丝钉。当然这不是容易做到的事情，所以这样一个集体的存在就很重要。

我们需要在中国漫长的体系中一点点儿地抠哧，就好像那些爬进古墓抠哧老泥的工人一样，才能抠哧出来老祖宗留下的纯粹的 compress 能量。

要恢复民间传统中那种音乐仪式感、那种音乐技巧性、那种生命力，今天的音乐会整个过程就需要同样的张力，不是紧张，也不是大松心，而是 compress。

不是单靠调音器压缩，你自己发出声音的同时就先用你对生命的感受压缩一下。

这种"压缩"可能需要某种经历，某种情绪。虽然我们试验了种种方法让大家保持自我状态的张力，但似乎老是缺点儿什么。很奇怪的是，在2009年，我们在欧洲经历了一次几乎荒诞的巡演，突然，使大家聚在了一起，那种压缩过的生命能量就爆发出来。

能量的聚集

季季：（笑）就是前头说的非得有一个激发的契机，不光音乐家个人要遭受磨难，整个乐队也要遭受磨难。

其实人生本来充满磨难，也许有些孩子在进音院之前已经经历过些磨难，但是人小，不知觉，一进入到音乐殿堂，就故意把过去忘掉，沉浸到"高、大、上"的教育中，以为从此出手就不凡。其实远不是如此，我们现在学院派训练中有个问题是，照着谱子演奏下来没错，以为就有音乐了，其实"有音乐"和准确视奏之间有很大的距离。再说，谱子和谱子之间，还有个选择的过程，音乐与音乐之间，更是如此。

有没有音乐，简单说是音乐审美，深了说，是身体和灵魂赋予音乐的音色。

我们在排练的时候，常说到音色，这不仅是技术上的追求；尤其是暗音色，这种音色是比较复杂的，不是仅仅可以从乐谱上得到的，照着谱子演奏准确并不见得能得到那种暗音色，那种音色是由对某种人文思想和意识形态的理解而得到的。

比如，勃拉姆斯的音乐有那种"暗能量"，但是模仿他作品的人，哪怕整段抄、整个作品地抄，也不见得能抄出那种能量。

所以我们这个小乐队，反倒有乐队实践的空间，尤其是个以中国民乐为主的乐队，能做到压缩的张力或暗能量的音色，绝对不是容易的事。为了让民乐队能达到那种境界，我琢磨多少年，我们乐队的成员们就跟着我磨练了多少年。

得谢谢2009年的一次荒谬的巡演，让我们这个本来欢乐的小乐队突然有了那种"暗"，有了那么一点儿"duende"[1]，至少是早期契诃夫小说式的，中等地暗了一下。

---

1 来自西班牙作家洛卡"黑色声音"的说法

那次是参加一个中方主办的欧洲艺术节，因为是中方出款，印刷节目单和宣传等都是中方处理。我一拿到节目单，就知道生活又成了幽默。节目单上只有我一个人的名字，没有写我们乐队任何音乐家的名字和简历。他们不知道从哪儿找到我几十年前的简历，重点注明我是中国作家协会的会员，写过电影音乐，而没有任何关于乐队的说明。

面对这种事，我首先感到的是对我们乐队成员的歉意。因为在我们所有共同经历的大小音乐演出中，他们都是作为独立的成员被推出的。带着这种歉意，我们开始了在欧洲某国的巡演。据说，因为欧洲人知道我，所以在这次音乐节上，我是被邀请最多的。但由于没有介绍，他们不知道我会带什么乐队来，所以这误点从一开始就横在我们巡演的路上了。

每天早晨，一辆大巴把我们所有人从旅馆接走，拉到某城，越演，发现去的地方越偏僻。对我来说，这些偏僻的小城非常亲切，在下着小雨的阴云下，空无一人。让我想到在英国跟着朋克乐队去演出的时候路过的那些地方。

但这次车上坐着的不是朋克乐队，而是一些单纯可爱的中国民乐大腕儿演奏家。对于他们来说，这每天阴雨的路程如同走进了狄更斯的小说，而每天走进去的音乐俱乐部场地，与他们平时的工作环境相比是难以置信的不吻合，如同一群唱圣诗的天使走进了大烟馆。

这些国家一级民乐演奏家们下了大巴，走进一个音乐俱乐部，酒吧里的酒保马上问要喝什么，我们都问：有没有热开水？回答说：没有，但是有啤酒。随便喝。

大家马上泄了气，消沉地把乐器放到长椅上。

矿泉水行吗？老板嘱咐了，你们随便喝什么都行，不要钱。酒保殷勤献策。

我看着大家，他们的表情都不兴奋。对于中国人来说，就是热茶。没有热茶，热水也行。在阴雨天喝凉水和啤酒，完全是反我们古代养生法的。

俱乐部旁边就是墓地，有人干脆说，去墓地转转，看看欧洲人死后的家吧。那里环境优美。大雨天这举动却是反欧洲养生法的。

宁可死，也不喝凉水和啤酒。

其实，所有这些欧洲音乐俱乐部（music club）都是著名的俱乐部音乐（club music）产生的地方，那里的音响都是一流的，很多著名的流行音乐和爵士乐队会来这里演出。这也是我们被邀请的原因，俱乐部的老板们以为我带来的会是爵士乐队。

季季：对，我后来看那录像上有一个4AD的标志，我就在想是不是他们专门请你们去的。因为有一个特别有名的独立音乐厂牌就叫这个名字，有可能这个请咱们乐队演出的club跟这个厂牌有关系。

对我来说，灯光暗淡，啤酒诱人，但对于我们国宝级民乐队成员来说，这不是好人来的地方。

季季：不是那种平时在音乐厅演出似的特辉煌，
亮亮堂堂出来的，是黑着出来的（笑）。

其实晚餐是无比的温暖和丰盛，大家吃得脸冒光，把一路的阴沉都忘了。吃完到楼上更衣室去准备演出，可以听到，楼下调音师已经把音响调得惊天动地了。一会儿，乐队经理笑着跑上来："注意啦，现在只有五个观众，做饭的、卖酒的、调音师、经理、秘书。"那时候我们乐队的经理是一个对黑色幽默极迷恋的人，什么事情不"黑"就无聊。她又跑回去，一会儿又跑回来："又来了一个！是个黑人，一伸头，说，噢，全是中国人。就走了。"

季季：想起一相声，忘了谁说的，好像是郭德纲说他们演出也是刚开始特别不容易，上面说相声两人，观众就一个，两人就对着一个观众说，然后那观众特紧张，连电话都不敢接（笑）。

我们在台上是九个人。

季季：九个人给五个人演（笑）。

我就跟大家说，权当排练了。大家都同意，完全无视台下。我想起来过去Bill Laswell（比尔·拉斯维尔）跟我说他年轻的时候在酒吧演出，台上演奏，台下打枪。我们很舒服了，好吃好喝的，不就是没观众吗？！我们自己演了个痛快，演出完，上楼穿衣服，一看，因为没地方挂衣服，放在桌子上的衣服已经被灯泡给烧了个大窟窿，差点儿没着火。

我们就这样一路摸黑，一路没见亮，跟吉卜赛人一样，车把我们拉到哪儿就闷着头演，也不问有人没人了，自己跟自己玩儿算了。

每到一个城市，就被带进一个黑暗的音乐俱乐部，带进一间凌乱温暖的休息室，一个小台，绝好的音响，特别大的声儿，特别多的酒，没有什么化妆室，吃完饭抹抹嘴上台。

守着音乐厅演奏的音乐家顺或不顺，好歹在音乐厅里混，是你熟悉的环境，没观众的时候可以安慰自己是精英，有观众的时候就说自己代表上帝；但把他们给扔到没有观众的club（俱乐部）里，那种陌生绝对导致对自我定义的怀疑。唯一可以感到安慰的是那音响调得"嘣嘣"地撞，震出了大家的野性。

突然一下，他们全开窍了。

季季：（笑）整个氛围都是黑的。尤其4AD酒吧录像的那场，整个就像当地的驻场乐队。

在欧洲的专业音乐俱乐部比我们很多剧场对音响的处理都专业，那些调音师一看这个乐队就明白应该怎么把所有乐器的声音都调出来。

季季：是不是跟国外调音师本身调音的意识有关系，人家一听就知道这乐队要的是什么风格的音响是吧？

录像截图 2009. © 刘索拉（北京）音乐工作室提供

在4AD演出的那场，虽然观众有几十个人，但那几十个人全都是当时音乐节的主办人，被我们巡演的口碑吸引过来，听完我们的演出，更加证实了传闻，登时，我们就有了"本届音乐节中最好乐队"的名声。

摄影 / Jamil Abbas 2017. © 刘索拉（北京）音乐工作室提供

季季：看那地儿虽然小但其实特别专业。

就像是有什么磁场在影响着我们，最后一场club音乐会时，全体乐队的暗能量齐发，有了那种锻压的音色。然后我们回到了当地首都的一个著名音乐厅去演出，在音乐节对我们完全没有宣传报道的情况下，完全凭着巡演的名声，观众席全满了，都是当地人。

杨靖自嘲说，我都不会在这儿演了，地方太大了。那次巡演使我们团结在一起，如同一群没户口的浪人，边走边奏出古代和今天的声音，引得异国路人同醉。

他们那种欢呼不是对东方情调的赞赏，而认出我们和他们其实是在同一种文化境界中。

从那以后，我们声音的能量真正聚在一起了，这个乐队的风格才算真正建立了。

■ 放浪形骸

如上所述，我们既没有传统交响或室内乐团的规矩演出作风，更没有流行乐队那种歌星与伴奏的组合简单自我突出的意识。除了精确杰出的演奏，就是全体音乐家们在演奏期间的共同的忘形状态。

这种忘形的状态打破了古典音乐的平衡审美，更加接近古代图腾的场面。

要是音乐可以当菜谱，我就属于贪吃的食客：既偏好原始图腾音乐的疯狂，又不会放弃巴洛克音乐的细腻，还不能耽误了爵士乐的自由放松，也不能忽略了摇滚乐的放肆。

在控制之中打破控制，不断追求忘形的瞬间。这如同生命的过程，不能老是绷着，也不能老是放肆。

我希望在舞台上看到大家的自我满场飞扬，这就需要这些被学院训练得中规中

刘索拉　　摄影／黎小冰 2013. © 刘索拉（北京）音乐工作室提供

矩的音乐家们接连放肆。

忘形，使声音也会跟着变形，演奏的动作也会跟着声音更随意，都不是设计好的，有人止不住跺脚，有人止不住挥手，会有弦断，会有声音嘶哑，会有鼓槌飞，会有不协调的舞蹈动作，这些对于那些认同古代巫文化的任何表演艺术形式的人来说，都是家常；但对于音乐学院出身的人来说，能迈步都是进步。

做音乐的人无论是学院还是非学院的背景，都会变成某种系统的工具——学院系统的太规矩，商业系统的太装假。

我们只能在音乐中试图打破各种束缚，让自己超越常规，舒服一下，放肆一些，让听众听到意想不到的声音，把由于自由而产生的"盖亦音声之至极"[1]的传统找回来。

我们不必当new age（新世纪）音乐中的天使，我们可以毫无羞愧地带着城市污染的痕迹咆哮，我们的声音无疑带着这个时代这个地域的痕迹。

但当我们打碎"演出"的枷锁，无形地穿过声音的隧道，自信地带着听众"志离俗而飘然"[2]，我们就共同进入到了一个世界——一个同时属于古代又属于今天的地方。

1、2 这两句均引自成公绥《啸赋》

杨靖演奏的立体感

2005年，我们乐队在柏林的专场音乐会，我第一次领教到杨靖的大师演奏境界。那次可能是她刚从东欧巡演赶过来，一路坎坷，受了点儿捷克火车站混乱的惊吓，她有点儿疲倦，演出前的话很少，总是一人静静地坐在那儿。然后她走上台，独奏了一曲《平沙落雁》。

我头一次被她手下的音色和她的演奏状态震惊：那根本不是表演，而是一种对外界感应全部关闭的状态，让声音从那个封闭的境界飞跃出来。

你可以看她那个人，正存在于"忘我"与"有我"之间，思维介乎于清醒与蒙胧之间，好像两边的脑路一个开着、一个关着，关着的脑路在飘逸飞跃，开着的脑路在严格控制。

这是只有经典独奏大师才具备的演奏状态，在技巧与自然中控制演奏。

可谓：放弃与控制，有意与无意，精致与自然，人神并存。

季季：像杨靖老师这么大气的民乐演奏家太难得了。

杨靖　2007. © 刘索拉（北京）音乐工作室提供

其实，杨靖有那种老蓝调音乐家的素质，只不过没人这么告诉她。加上在保守的学院环境里，杨靖喜怒不形于色的含蓄正好合适。但我这个不甘心的坏人，相信她还有一层内在的自我没有被调动出来。

2007年我带她去美国和我的爵士钢琴家朋友、我称"灵魂姐妹"的爱米娜一同演出，那次演出，爱米娜的气场传染给杨靖，等她回到北京，她演奏时竟然有了爱米娜的动作！即使她演奏的不是钢琴而是琵琶，但她的面部表情甚至身体动作都变得风趣起来，在舞台上处理音乐更加灵活。

但这种外在的风趣并没有影响她一贯的敏感封闭状态，而是使她在处理每一个音的时候，给予了每一个音穿越时间的意味。

录像截图 2005. © 刘索拉（北京）音乐工作室提供

杨靖、程雨雨
录像截图 2009. © 刘索拉（北京）音乐工作室提供

听她录音的无印良品BGM16中的传统曲目，是中国传统音乐音色的极致表现。她手下不放过任何一个小音符，如同水墨大师，无论工笔或泼墨、狂草或小楷，无一败笔。

我庆幸在2003年遇到这样一个朋友，为这个乐队增加了最珍贵的声音，并且不断在为我们输送她培养出来的杰出的弟子们。

2013年我们去西湖音乐节演出，面对上万的小朋友观众，在这个以年轻流行为强势的音乐气氛中，杨靖教授一声强横的琵琶，赢得一片欢呼。

杨靖　摄影／黎小冰 2013. © 刘索拉（北京）音乐工作室提供

83

仰胜忘形

　　作为一个演奏者，最享受也是最精彩的状态是忘我忘形甚至是失控的时候，这种状态是民间音乐家、摇滚音乐家、爵士音乐家，回到古代，是啸歌诗人、Sufi（苏菲）诗人的状态，也是贝多芬、肖邦、李斯特的状态 —— 从他们的钢琴谱中可以看出来。

　　但一般来说，从音乐学院训练出来的所谓专业音乐家很少出现这种状态，很多的原因是，大家的脑子都被别人写的乐谱给占据了，演奏的时候一心想着怎么表现好那些乐谱、怎么战胜那些别人安排好的难度、怎么精确地掌握乐谱中的节拍等等，哪敢有半分的失控？

　　所以你让一个学院音乐家忘形演奏，他会觉得你是成心毁他，好比是让一个英国绅士不说"please"，一张嘴就日娘。

　　所以美国黑人蓝调音乐家们很遗憾他们的后代进了音院之后不会唱蓝调了，就是被训练出来了规矩，失去了那种忘形的传统。

张仰胜　　录像截图 摄影 / 清澈传媒 2015.

张仰胜　　录像截图 摄影 / 清澈传媒 2015.

　　对于大多数音院毕业生来说，毕了业混口饭吃，懂规矩是关键。但对于像仰胜这种音乐家来说，音院的规矩之于他，就像是那一身在他身上无法合体的西装。

　　他浑身是无穷的能量，随时准备爆发，又随时因为学会了规矩，在微笑，或者玩笑。他属于那种不惜力的打击乐家。

　　这种不惜力的音乐家，在国外很多，但在国内却很少，打得花哨的有的是，打得玩儿命的不多。

　　大部分中国鼓手哪怕在模仿印度人非洲人打鼓的时候，也打得小心谨慎，似乎身前身后身四周都长着自我监督的眼睛，绝对不敢打得像印度人那样汗珠子和白面横飞，打得像非洲人那样没日没夜地迷魂。

　　是大部分中国鼓手的耳朵禁不起节奏和音响的强烈，还是中脉虚弱？为什么中国出品的音乐少有那种震动耳膜的能量？

　　回到打击乐或所有民乐演奏的话题上，似乎很多人边演奏在边想着养生，忘了祭祀才是声音的起源，而不用生命的消耗去祭祀生命的存在，养了半天等于没生。

85

在古时候，没有作曲家演奏家之分，击鼓而歌，感天动地，音乐就完成了。

音乐家随时都准备为天地鬼神而灵魂出窍。

灵魂出窍的时候，就是音乐到极致的时候，就是狂欢开始的时候。

文人们管这个叫"忘我"，因为这状态对于文明人来说不容易。

一忘我，就忘形，那是意外效果出现的时候，所有的事故音色都是珍贵的瞬间，它和普通的high是有区别的，装也装不出来。

为了使我们乐队的朋友们不断体验到这种发自内我的忘形状态，我在音乐会中设计了很多的即兴段落。这些段落就是音乐家们放弃乐谱达到自我认同的自由境地的瞬间。然后我不断看到了每个人忘形演奏的瞬间。只是仰胜，我一直在观察他，却发现他虽然演奏的时候劲头很大，却始终很节制。

我喜欢攒仰胜历年演出的剧照和录像，但是在这些影像中，仰胜总是很节制地演奏，甚至微笑。我一直不明白，这是和他的军人身份有关，还是和他的指挥身份有关？据他自己说，只有在2009年我们乐队经历那次荒诞的欧洲某国巡演经历后，他才突然找到一种感觉。那些昏暗的酒吧和强烈的club音响使他突然摆脱了音乐厅舞台上的闪亮灯光和他一贯保持的"正面"形象，他失去了现实的身份，变成了图腾的媒介。

终于，在2015年1月，我们在音乐的舞台上，分享了仰胜的疯狂。他疯癫的即兴演奏，鼓槌飞落，观众欢腾。他达到了在音乐中那种忘我忘形的高峰，到达了音乐最自由的国度。

乐队每个人的变化都如同他们手中抓到了一张能在人生中自由往来的机票。

当你可以把自己自由扔出去的那一瞬间，你的人生打开了新的大门。

张仰胜

摄影 / 黎小冰 2013. © 刘索拉（北京）音乐工作室提供

老五"穿越"

　　老五第一次和我合作，是电影音乐，但因为后来导演不喜欢摇滚音乐而倾向于好莱坞大片音乐风格，把老五的吉他音色都给删了。导演在电影里头加了好些好莱坞大片儿风格音乐，可能想让音乐听着"贵"。我为此一直不好意思，知道老五演奏的吉他音色，在一部电影中会多么精彩！他后来和巫娜在邢健的独立电影《冬》中的即兴演奏给那部获奖电影增加了丰富的立体感。

季季：给电影提范儿不少，一下让那电影显得更艺术了。

老五（刘义军）　摄影／清澈传媒 2012.

摄影 / 清澈传媒 2012.

《冬》那部电影本身很艺术，两位音乐家的即兴演奏给画面又增加了很多层次。但"艺术"这两个字可能就是目前国内一些想在大片上成功的导演害怕的词儿。

不过"艺术"跟"艺术"也不一样，老五的演奏有时很艺术，但还不属于"arty-farty（放艺术屁）"那种，老五演奏有他自己发明的独招儿：吉他击打、琵琶式轮指、古琴式滑音等等。

他这些绝招也不是一日之功。他喜欢管他自己的演奏或者绘画状态叫"穿越"。他从年轻时开始弹吉他到如今，几十年来一直坚持每天练琴十小时，能这么坚持，肯定是和他酷爱用声音来享受"穿越"有关系。

刚开始，他一说"穿越"我就想笑，想这个词可能来自trance，但比trance显得更直白。后来，他这个词也传染给我了。我发现这个形容非常确切，而且，老五在练琴的时候的确是穿越得彻底。

他只要一抱起琴来，就不会放下，直到他通过手指和声音，让自己浑身通畅后，才回到现实生活里。

所以他不能满足一般的识谱排练或者试奏等等，他必须是每次抱起吉他来要先穿越一阵，再回过神来问：今天排练什么？

他一开始穿越，是目中无人的，完全没有一般乐队成员顾及左右的习惯。有次因为我不断要求他必须用眼睛看乐队，他跟我打了一架。

前面我讲到过互相对视在演奏时的重要，可以相互启发乐感，使音乐更好地纠缠在一起，而不是各自独立无关。这在重奏时很重要，在即兴演奏时更重要，这是音乐舞台上的"交际"或"交流"法，以便去完成和不熟悉的演奏者的音乐对话。但老五习惯独白，不喜欢与世俗苟同，他对我的要求大怒：有什么可看的，你们又不好看！当然最后他还是同意了。

没办法，这是个乐队，艺术家在集体中只好世故些。他开始试着抬起眼睛看我们。我发现，每次他在台上看我们，演奏上就变得更加配合、稳定，并且极致仍在，但他的疯狂度却相对被削减了。我从他惯有的"穿越"状态去理解，知道我们这些面目可能让他回到了现实，想到了舞台，至少回到了活生生的人群中，中止了或减弱了他完全目中无人的穿越境界。

所以和老五重奏，最好大家都闭着眼睛，谁也别看谁，竖着耳朵听。共同去梦游。但问题是，他一穿越，就不回来了呵。

有时他会突然睁开眼睛看看我们，随着我的即兴演唱奏出很多花样，那是最轻松有趣的时候；一会儿，他又闭上眼睛去穿越了，我们只能企盼他在那个星空可以听到我们的合奏。

对于我本人来说，我可以和老五各自闭着眼睛完成一整场即兴重奏音乐会；但是对于一个十几人的乐队来说，他一穿越，我们就轮着在他眼前晃，希望他能睁开眼睛看看我们演到哪儿了。

老五是个吉他艺术家，在舞台上的演出也许永远不可能真正如他所愿地"穿越"到别处去。对于一个完全享受独白的演奏者来说，最舒服的状态就是自己和自己音乐的关系。

老五的演奏状态其实是古代古琴演奏者的状态。

他最喜欢的，是从早到晚的用声音来贯穿大脑的思考。

进入到那个面对声音，一切明了的境界。

在那里，只言片语都显得多余。

摄影 / 清澈传媒 2012.

与季季的一篓杂聊

音乐和"思考"

季：我看到日本戏剧家铃木忠志有一种说法："音乐给人共感，但较少对人类本身进行思考。"我觉得不准确。我跟搞音乐的朋友以及别的行业的人讨论过类似的问题，好像人在听音乐的时候分两种状态，一种是纯粹在音乐里找共鸣的，一种是跟着音乐走，增加想象力和未知体验的。前一种人只听"好听的"，旋律都是按照常规方向发展的音乐，或者能给自己当背景伴奏的音乐，他们只是在里面找情感上的共鸣，就跟自己演电影配插曲似的，如果遇见不按他们理解的套路的音乐就会皱眉头，不接受。我是属于后一种，就是我发现不管当下自己在思考什么或者情绪好不好，只要听见音乐就会对我的思维产生影响，经常会有一些在不听音乐的时候根本想不起来的思路和方向，所以我总在本能地找各种不同类型的音乐听。

刘：在音乐中求共感，是和音乐远距离的。在音乐中求知，是和音乐近距离的。就像古代的古琴演奏者，都属于在音乐中求知的，通过声音来思考。不仅西方音乐的发展就是西方人文社会思考发展的象征，中国古代音乐的发展过程绝对是中国人对哲学医学星象学等等思考的反映。音乐不仅象征着人类思考过程的不同层次和阶段，很多时候音乐的出现是在人类思考之前的，它的声音出现了，引起人类的反应，它领着人进入到一种不熟悉的境界，用声音给人输入某种对世界的认知。中国古代的人要"律管吹灰"来定音，就是通过那个音来理解朝政的命运。不说远距离的，比如发明 acid track 的小孩儿，他们一觉醒来，听自己瞎闹搞出来的声音，非常吃惊：这他妈的是什么东西？他们自己也不认识那些声音，但是那些声音通过他们从魔瓶里出来了，开始出来疯魔全世界。

多种创作方式

季：对，尤其这次演出（2015年中山音乐堂新年音乐会）和之前这一段练琴，我弹《仙儿念珠》时候的思考就越来越清晰，演奏过程中能顾得上思考和设计了。我记得第一次拿到谱子的时候我其实特紧张，尤其刚开始看见的就是您那个挂在墙上一串珠子形状的那个谱子，根本摸不着头脑，您说一个月就要去香港演出，然后我那时候完全不会即兴呢还，基本上从骨架上刚走出去两三个音就赶紧往回走，怕出去了就回不来了。上台也是哆哆嗦嗦的。后来就越来越放松，我数了一下这曲子到现在已经正式上台演了五六次了，练了四年。前几次演完回头看录像根本都不敢听自己弹的什么，不忍听。后来就是慢慢积累东西，从以前听过的很多音乐里面抓灵感，再加上从自由爵士里面学到好多，还有我自己从小练琴积累下来的素材，就这样慢慢把一些招儿和动机攒下来。演奏过程中就像是脑子里有一个资料库，弹着弹着就拎出来一个，发展一段玩儿一会儿再放回去换下一个动机。演奏时有一种全神贯注每一秒都在逻辑和结构里玩儿的感觉。再加上这次有了老五加入，对话的空间又更大了，老五那种蹭琴弦的鬼里鬼气的小音儿特别能给人感觉，这样灵感互相一刺激就更好玩儿。然后就是这些素材还有一个提炼的过程，就是您也总说并不是所有风格的即兴用在咱们这个即兴里都合适，太古典太爵士太布鲁斯都不行。尤其对于我来说，因为从小弹钢琴接触最多的就是俄罗斯浪漫派，中国这一代古典音乐教育受俄罗斯学派影响太大，而且那个情感又特别容易感染人，所以特别容易就想起那种表达情绪激动的大和弦或者琶音什么的，刚开始常常有时就会有一种，刚本能想要出一个声音，突然脑子里一个激灵反应过来，不行，就给闪开了。还有音色也是，这曲子我就觉得需要一种没有情绪的音色，不是要宣泄或者抒情，就是一种珠子到处滚，特别灵巧的声音，句子都是表现当下的思路。刚开始不一样，记得您头一次启发我即兴，我急得死活出不来，您就说让我把满脑子脏话和不满都发泄到钢琴上，然后我一下就明白了，其实我理解就是启发了我弹琴跟表达之间的关系，因为原来这两者在我这儿是分离的，弹琴的时候就是弹琴，人就进入另外一个模式。现在这关过去了，我就可以有余力思考用合适的语言来即兴。现在回头想想，觉得刚开始接触即兴用《仙儿念珠》上手对我来说其实是特别幸运的，它的结构导致了我用这种随时变换动机的弹法特别适合，也慢慢能摸索适合我的即兴的一条路。不要脸地说，有一种觉得这曲子跟给我量身定做的似的，哈哈。

刘：那首曲子是我早期为爱米娜写的，出于对她演奏的理解，知道我的动机式的创作可以把她的灵活的即兴演奏引到我的音乐风格中，因为爵士钢琴家不适合演奏写满音符的乐谱，而适合用动机发挥，所以我只写了部分的动机，来引导和提示风格，我的人声部分乐谱相对是稳定的，这样她听着我的演唱马上就可以转到我的音乐风格中。这都是因人而异的创作，并不是所有我的作品都这么写，比如我同样给爱米娜写的《醉态》，被我编写在给茱莉亚音乐学院乐队的作品《形非形1》中后，我就必须把所有的音符给写出来。因为演奏者是钢琴系的学生。又比如为你和雨雨写的《旋舞》，就要求你完全照谱演奏。给学院派民乐家的乐谱，也写得很满，写的音符越多越好，这也是出于对他们演奏风格的了解。音乐和绘画一样，怎么勾都成，谁能想到，一首小曲子就成了启发你即兴的练习曲。

用这首曲子来"启蒙"你的即兴，给你一些音符当音乐风格的指向，然后你玩儿来玩儿去，最后发现你终于可以向外迈步，自己的一些小想法就出来了。启发演奏者的灵活演奏，即兴演奏，也是作曲者的责任，并不是作曲者的懒惰。这是一种启发音乐言论自由的练习，刚开始，演奏者们当着作曲者都不敢发言，但是经过启发，演奏者开始用自己的声音来发表意见，但是由于演奏者不习惯思考音乐语言，作曲者就有责任启发，特别像我这种在乎音乐风格的人。等什么时候不用启发，你自己就有源源不断的音乐语言冒出来，那时候你就真正开始即兴创作了。

　　对于启发演奏者即兴这件事，很多作曲者对此有争议，也许是怕演奏家都可以随意演奏了，作曲者就没用了。或者作曲者总是要和人较量谁的音乐写得更严格。其实在这世界上，有各种作曲法，就像是跳大神的各有高招一样。作曲者不能只为学院训练的乐队作曲，如果碰上流行音乐家，你必须有方法来给他们提供音乐想法，而不是仅仅写五线谱给他们或让他们随意。作为作曲者，有很多方法和演奏者合作，也会碰到很多不同的合作情况。比如，遇到某些演奏者，写满了音符的乐谱只能让他们望而生畏，花很长时间照着弹出来听着也没有任何意思，在这种情况下，最好是作曲者用自己的音乐想法启发他们做即兴演奏，使演奏者对自己增加信心，然后渐渐进入有自我的演奏状态。如果是遇到非常杰出的能读谱的独奏大师，是作曲者的福气，最好是把乐谱先写得淋漓尽致，演奏家的表现会为每个音符增加无限光彩，当然如果演奏家也愿意参与即兴，那就更是锦上添花。而我们乐队面临更多的情况是，训练年轻的演奏家掌握即兴演奏的技术，是帮助演奏家打开眼界，发现自我，使他们在演奏时生气活现，真正变成有生命力的自信音乐家。我喜欢即便是为管弦乐队写谱也还是留下一点儿空白来启发大家的自我舒展，好像是在紧张的演奏状态中大家有一个空间当一下顽童来玩儿音乐。乐队中每个人都是重要的，三百个人三十个人或三个人，都在台上有平等的空间。音乐像个大海，我们是探宝者，不是军队。

对声音的责任感

季：我在这乐队里头最大的感受第一个是紧张（笑），然后是被需要，再有一个就是刺激。这些是我每次排练的时候都特别明确的感觉。被需要怎么解释呢，就拿管弦乐团举例，比如说你在一个团里（虽然我是弹钢琴的，没怎么正式参加过管弦乐队，但是我觉得在管弦乐队里跟参加这个乐队肯定不一样），相对来说还是比较按部就班，考团和演出都是有固定的乐队片段。演熟了之后，几十个弦乐大家都拉一样的声部，时间长了难免缺少新鲜感。就有一些外行听完交响音乐会跟我开玩笑，说提琴后两排那几个人是不是可以混着摆个动作，不用真的拉？其实肯定是不行，但就说明他们的演奏状态很麻木，确实会给人这种感觉。即使是新作品也肯定是很多人要演奏同样的固定声部的，也是管弦乐队的性质决定的吧。但是咱们乐队不一样，一方面乐队里每个乐手都是独立声部，所以被需要的感觉就特别强烈。而大家又都是大师或高手，这本身就会给你带来刺激，首先就不能丢自己的脸啊。再一方面你还必须有一种自主性，也正是因为您作品的设计本身是每个人都担负着同等重要的不同声部，再加上不定时每个人都要有即兴，并且每一个音都是要让自己和乐队大伙以及听众听到的，所以肯定自然而然会对自己发出的每个声音产生很强的责任感（笑），这个应该是我以前没有过的演奏经验。有一个说法叫"与他人的关系中发现自身"，大概也是可以用在参加咱们乐队的体验中的。特别强的责任感，既紧张还很兴奋，这个感觉特别过瘾。

刘：其实所有古代音乐的传统都是即兴创作的，自从历史上出现了各种各样的记谱法，演奏者就越来越依赖乐谱了。当然也由于记谱，我们知道以前的人怎么演奏的。又是因为记谱，我们马上可以明白历代的作曲家是如何先即兴华彩段落再记谱的。在近前可以学习的经验，是自由爵士乐。自由爵士乐变形地延续了民间音乐打擂台的传统，各显高招。我内心一直对演奏家保持敬重，觉得最有意思的是众多演奏家的光亮，比流行音乐中那种以歌星为主的场面要有意思得多。我一直说，给我帮助最多的是那些蓝调和爵士音乐家，我觉得他们是最无私的音乐家。他们的灵感源源不断，总是在给予观众新的体验。所以我从他们那里学来了这种习惯，也是希望把我的经验教给大家。

在自由爵士乐的舞台上，不仅每个人都得对自己的音符负责，还得拿自己的音符亮相，用音符和别的音乐家对话、辩论、交流等等。所以自由爵士乐不仅是流派也是一种音乐思想方法。这种方法影响了很多作曲家，也使音乐创作有了更多的可能性。最重要的是，使每个音乐家在舞台上的地位是平等的。当然，我们不是一个自由爵士乐队，而是一个新型的、以演奏乐谱和即兴能力并存为特点的技术要求较高的乐队。我为了这个乐队设计或创作的乐谱同时是为了使这个乐队有一种特殊设计的存在风格。

传承

季：爵士音乐家们特别尊重传承，每个人都是，您看就我让您帮我从美国带的那张海报，您记得吗？就是特别大那海报，就是一大树，那就是一个特别密集的爵士乐的家谱，完全是一个家谱，从根上就特别清楚。而且他们是以这个为骄傲的，根本不会说避开谈影响什么的。

刘：因为爵士乐是一种大流派，就像京剧似的，一个系统中派生出来传承下来。前赴后继，是一种大风格的传承。但是当代音乐的传承，是融汇诸家的，学院的，非学院的，本国的，异国的，音乐厅的，酒吧的，乡间的，路上的……得诚实承认所有直接间接受到的影响，躲闪回避影响的重要性是很不客观的。

比方说一个人特别激动地即兴出一段浪漫主义的音乐，你要是告诉他这段太像浪漫主义时期某某

93

了，他可能会大声说，这就是我的原创！其实那些和声都是无意识的记忆闪回，比如小时候听到的，或者是学到的，他没有分析这些记忆就自然流出来了，以为那叫原创。我们都是有记忆的，记忆也是影响的来源，我们需要学会分析记忆。

季：现在是不是不存在什么纯粹自己发明的？

刘：准确地说，所有的新创作都是有传承性的，所以那一点儿新意就更加来之不易。所谓第一人，最先，最原创，都是相对的。现在人特别爱说谁是第一，谁是最先，似乎这已经比真正明白和相信一件事更重要。宁可去抄袭了别人，还要争个第一，毫无意义。如果你真拥有了一个自我特点，不应该在乎你是否在时代前或后或时代中对你是否公平等等。看到别人花了心血做的事情一出来，马上就很功利地去抄袭，还以为自己明白了什么，这在国内很普遍，没有自尊意识。

季：要不然中国山寨这么多。还怕说受别人影响，其实反而就因为没有自己的东西。

刘：我上世纪九十年代在纽约的时候，开始不唱词儿，只唱衬词。开始大量做各种人声实验，那时候在九十年代做这种实验的人很少，但不是没有。虽然看起来那时候是仅有的一些人在各自不同文化背景上探索，比如美国的Meredith Monk（马瑞迪斯·蒙克）就是人声表演艺术的前辈，但实际上这种人声实验的前身在世界上远可追溯到所有的民间音乐中去。比如中国古代的"啸"，上千年的历史，才是真正中国人声实验有记载的前驱。即便是在同时代出现了不同地域的实验，也不用追求谁是第一第二，有时候，人类会在不同的地域同时发生同样的想象。就像是金字塔曾出现在世界各地一样。

Duende ／ 暗音色

季：您过去所有唱片里我最喜欢那张《隐现》，我觉得那张唱片是听着最过瘾的一张，特别"黑"，有一种"癫"了的感觉，完全放开，有点儿失控，人老说摇滚重金属疯，您比那个疯多了，是真疯（笑）。但那个状态是不是得碰？

刘：那是2000年录的，我前两天听了觉得那时我是彻底疯了（笑）。那绝对是脑子有问题了，绝对是疯了，才敢那么唱。

季：那您说这种状态如果刻意去找的话能不能找到？

刘：那个状态特别难得到，因为不是故意去找的，要经历崩溃。这就是我们这两天议论到的那个duende 状态，就是那个暗能量，这绝对是非常崩溃的状态才能够敢这样儿（笑）。

季：真的听着特别分裂，所以才过瘾，因为是超出正常想象和体验的一种声音，无迹可寻。

刘：失恋不过制造小酸情；而大悲伤是文字无法表达的，也不是伤感能表达的，只有分裂。分裂到你自己都不知道你要干吗。这时候只有声音能表达。

季：对，所以那个还有一种一大堆碎片的感觉。

刘：完全是碎片，没有任何东西是贯穿下去的。

季：但是因为那个碎片每个都特别疯而且每一个都特别有劲儿，每一个都是实实在在砸在人耳朵里的，冲击力特别强，所以就听得很爽，从脚底升起一种黑暗能量的感觉（笑），反正我听这张唱片的时候特别嗨。

刘：是不是？！你喜欢啊？！我就不敢听了后来，我说他妈的怎么了这是。

季：而且Pheeroan那鼓打得也特别棒，味儿特别足。

刘：对，特别棒，Pheeroan太棒了。

超越

季：您说有没有那种个例是生活上什么都没经历，但是也能出来感觉的这种（笑）？

刘：会的，就是纯粹通过思想，但得想得相当狠，狠到分裂。或者是"作"，就是跟自己过不去。很多艺术家是这样，用各种方法跟自己的身体和思想过不去，终于可以得到些答案。除了广泛读书，就是充分的感官体验……但都需要寻找你自身的极端点。不是所有人的极端点都是一样的。一般来说，最容易使人理解的情感体验只有几件事：家庭悲剧，爱情悲剧，自己的悲剧——包括身体不好等等，一般来说，灾难是省悟的台阶。但并不是所有高级的艺术都需要那种灾难性的省悟。思想和智慧，是艺术高峰的基础。巴赫的音乐就是例子。他除了有非常好的演奏技术，还对当时的巴洛克美学有特殊的认识。还有勋伯格，他的音乐又疯狂又学术，这背后的根底是他对自己的犹太背景有非常深刻的认知。自我身份会给人带来很沉重的思想根源。所以你自己要寻找的就是你自己和别人不一样的一个点，在这个点上做到最极端的深掘，甚至是不惜命的深掘。

季：那就是智商也得达到那种完全无法超越的非人的程度，什么都挡不住的那种智商。所有的感情，任何外力都挡不住思考，往前冲毫无阻碍的那种，所以这个太难了（笑），对一般人根本不可能。

刘：超人的好奇心，超人的想象力，超人的理解力，超人的精力。

其实干什么事情都需要这种精神，事情不论大小。对喜欢的事情就得死琢磨，不弄清楚死不休。当然有生活体验后更容易明白艺术中很多的现象，比如在我跟Memphis（孟菲斯）黑人音乐家学蓝调的时候，我就没蓝调精神，也没蓝调技术。蓝调也是一种招儿，一种传统，就跟唱河南梆子似的，它是一个传统唱法，你会了那些招儿，一唱出来就那么好听，那种悲声，一半出于生活一半出于技术。蓝调音乐家那种松弛，学院出来的没有。他们自己也说，一旦把他们的后代送进音乐学院，回来就不会蓝调了。另外，还有一个前提就是体验穷困和绝望！你看无论是蓝调音乐家还是河南梆子艺人，在以前都是多么穷和绝望，才会那样演唱。这个体验很重要。以前河南多穷啊，所以梆子唱得特苦，而且听梆子的都是老百姓呵，它是以穷苦为前提，哭啊、被抛弃啊、饿死人啊、灾难啊，从那里衍生出一种特好听特惨的东西。蓝调也是这样，当奴隶、倒霉、穷、死亡、生病、失落…… 没有地位，没有个人身份，什么都没有，这是蓝调的前提。你要没这些体验的话，还真唱不出来。光是学它那招儿吧，还是没那劲儿。

季：就是那些东西产生的根基，你要是没经历，再学技术也只是听着特别花哨，您是这个意思吧？

刘：有些很聪明的人，悟性强的人，面对任何传统，都能弄出不同凡响的东西来。

季：反正就这两条路，要么特别机灵，要么活得特别惨。

刘：当然如果你有了一堆的先天灵性和后天悟性，加上幸运，幸运到了根本就不需要外界灾难来刺激，你自己就全想明白了，这是最幸运的，这还需要一个非常好的社会环境。

季：我觉得这种特别的幸运，好像只能是老天爷给的，就是后天怎么努力都没用的那种运气。

刘：这种先天的幸运和从小的训练也非常有关系。没有训练也不可能。比如达·芬奇对那么多事情都有研究，凡是他喜欢的都从小就得到了训练。不是所有人都能做到说要实验什么就有条件去实验什么。没有人给你提供条件也无法完成理想。另外，家长的引导、生活环境等等都很重要。除了条件，一个小孩儿能将精力集中在有趣的研究上，而不像别的小孩儿那样去浪费时间，也没有受过家长的误导和阻挠等等，都是先决条件。所谓"天才"儿童和很多儿童的区别，是他们的儿时兴趣和别的孩子不一样。

季：就是，好多事儿以后补还来不及，尤其好多基本功训练就得是小时候。就包括我现在也感觉，虽然从小练琴一天七八个小时烦得恨不得把琴砸了，可现在觉得还真得感谢那时候，虽然不想承认。

刘：大家只知道巴赫的才气，他那些智慧的作品，但很重要的一点是他整天在教堂里弹琴，必须经常为教堂创作；如果同样有个人，可能也想出很多音乐上的招数，但是没人约他写作，他的作品也不见得被演出来，或者就是写出来也白写。所以今天我们知道的事情都需要巧合才存在。机会和创作激情，需要互相遇上。你没有创作的驱动力，就是drive，机会来了也没用。好奇心是驱动力的重要因素，一个小孩儿没有好奇心，别人替他着急也没用。

季：没有好奇心可能也不往下走了吧。

刘：那根本就不可能有任何长脑子的希望！你看咱们现在能看到很多女孩儿压根没有掌握知识的好奇心，其一是从小家里头就没教育她们这类的好奇心。很多家长由于以前生活和教育机会都贫乏，有钱后就只有对物质的好奇心，这种好奇心也就成了那些孩子们小时候常在饭桌上听到的家庭闲话。所以她们也只有对物质的无尽好奇心。除此，就是无尽的对家庭琐事的好奇心和虚荣心。

季：我总觉得人这个好奇心应该是天生的，是有些后来就被磨没了或者说是被别的东西掩盖了。但也得看这个好奇心本身够不够强，如果这个好奇心特别执着的话谁也拦不住。

刘：我觉着是跟家庭的谈话有关系。家长坐在一块儿老说有意思的事儿，就会激发小孩儿每天的思维习惯。如果一个家庭的饭桌上除了说物质就说八卦，那小孩儿的脑子也转不到哪儿去。

季：对，这种情况也挺多的，思考习惯是家庭培养的。

刘：当然，也不能完全赖家长。小孩儿们长大后都有自己的生活和想法，有时两代人也不见得有话说。

手型

季：我特别爱注意各种爵士乐钢琴大师弹琴的手，他们弹琴没有手型的限制，每个人都不一样，特别有意思，而且好像直接就能从手型上听见他的音色似的。我练琴的时候还试过，但好像真的是习惯了，换个手型我还不会弹了。

刘：这是为什么我感兴趣这类照片儿：梁和平的手和逄勃的手。在为导演李少红写她的电影音乐时，

梁和平　©刘索拉（北京）音乐工作室提供

逄勃的手　逄勃提供

我写了两种弹法的钢琴谱，一个是有些浪漫色彩的钢琴主题独奏，一个是有爵士风格的键盘演奏。为了风格，我请了梁和平和逢勃，逢勃演奏主题独奏，梁和平演奏爵士键盘部分。有爵士风格的键盘部分是为了给男主角陈坤的即兴演唱做背景。

这两种键盘音乐需要用不同的触键法，前者是古典主义钢琴演奏的风格，后者是需要swing的演奏风格，显然，在触键的时候是不一样的。

都是照着乐谱演奏的，但即便是准确地演奏乐谱，没有swing的概念，也不可能把爵士风格演奏出来。我们知道逢勃是出色的国际获奖钢琴演奏家，她的钢琴表现力非常独特细腻，她的手往琴上一放就属于生来要弹琴的那种手，并且姿势标准。而梁和平是以演奏爵士风格钢琴为特长的，他的手就像很多爵士钢琴家一样，属于摸琴，边摸边swing。古典钢琴的手指是立着的，清晰的力度在指尖上，但爵士钢琴的音色是很放松得到的，并不追求那种绝对清晰，就像是声音在香烟的缭绕中摸索，求的是那种意味深长。

季：就是当下的情绪完全直接从音里出来了。这个情况放在我这儿好像也适用，就是习惯用经过训练的手型去弹琴，感觉在手指机能上的运用好像效率更高。但可能也是一种习惯，我不知道这会不会影响对音乐的直接感受。小时候起步老师要求手型，教我们要握苹果，后来自然一点儿就是手垂直放松在身体侧面的手型就是标准，那种先固定手型而不是从听觉出发的训练，现在感觉有误区，有点儿走弯路。

刘：要看你演奏的曲子是什么性质。你听后来逢勃演奏我写的那部《大胡笳》组曲多好啊，那次她就是手趴在键上演奏，为了特殊音色的追求。逢勃演奏的高度技巧和对音色的处理，是不可多得的钢琴大师级艺术家，《大胡笳》的录音过程，一气呵成，却没有一个含糊的音。

但有些学院式的演奏方式的确不适合改成爵士钢琴的风格，太准确了，太顺了，太正拍了，swing不能那么演奏。我听过这样一个演奏，在纽约一个爵士吧里，一位东方人，梆梆梆梆地，说是演奏爵士，其实是即兴拉赫玛尼诺夫。

季：好像现在有一批古典出身弹爵士的钢琴家，尤其是日本。他们其实训练都挺好的，但出来那东西一听老觉得哪儿不对，然后仔细一想，肯定是因为背景是弹古典出来的。但这些东西他们好像也脱离不了，这种感觉一辈子带着。

刘：古典音乐家在触键时没有那种故意的犹豫，爵士音乐有种犹豫，好像是面对美食不知怎么下筷子，要想想，或者像是演讲的时候故意不大声下结论，故意有点儿结巴，显得谦虚慎重，弹的时候那三分之一秒钟的犹豫，就是风格，就是swing。话到嘴边先掂掂再说。

季：古典因为谱子都是固定的，而且老想着还原作曲家意图什么的，提前都是设计好的情绪。爵士乐有一点儿暧昧在里头？

刘：其实二者是一样的。如果你演奏自己的作品，当然就是按自己想象处理，如果你演奏别人的作品，无论是古典音乐还是爵士音乐，你都必须要理解作曲者的意图。不一样的就是触键和对音乐的处理。处理有爵士音乐风格的作品，关键就是swing。如同Ornette Coleman（奥奈特·考门）说的，你没有swing你就没有爵士音乐。就是那么悠一下，缓一下，不要那么坚决地立着手指强调重拍。如同人生，你悠一下，海阔天空。梁和平的演奏就有这样的特点。真可惜，他现在因为车祸不能再演奏了。他这样的演奏家在过去中国那种呆板的音乐气氛里是非常难得的。

季：都是在魂儿里边的。

刘：面包煎鸡蛋还是天津煎饼馃子？不是一种做法。

季：属于各干各的（笑）。

刘：所以两者都需要极好的音乐感。比如演奏《仙儿念珠》的时候手指有时可以谦虚点儿摸着弹，但演奏《广场》的时候手指就得强横地立着弹了。

季：那个全是练习曲进行曲那种的音型。

从今天流行音乐看古代民俗生命力

季：您好像特别喜欢把流行音乐概念往乐队里搁。

刘：我喜欢好的流行音乐中那种自由精神和生命力。因为我们现在的社会结构，已经看不到古代民俗的活跃气氛了，现在年轻人自发的流行音乐（不是包装出来的）就是今天的民俗。比如hip-hop的孩子们是在街上跳舞产生的。就是最有意思的民俗。

季：这是不是跟您那些常年做各种类型的音乐，特别丰富的经验有关？

刘：是跟我性格有关系。

季：因为我觉得一般学院出来的人也不这样，比方说我就没有您那么多经历，可是我认识的音乐学院的孩子喜欢听不同风格音乐的比较少，尤其是我这种什么风格都听的人特别少。我总结一下好像大部分学院的人听音乐分两种，有一种人是他们只听古典音乐，连现代音乐都不听，说具体基本就是古典到印象派这一部分的音乐，他觉得就这个好听还层次高。还有一种人是除了古典以外听一点儿流行歌曲，然后剩下的东西就不感兴趣，偶尔听一点儿流行，或者说就是口水歌。好像是需要跟日常情感有一种连接，找到共鸣。

刘：也许是因为他们日常生活和他们的生活气氛和你说的那种口水歌有共同处，我猜你说的口水歌可能是指那种小资"酸馒头"（sentimental）类的流行歌曲吧？不过很多学习古典音乐的人是由于手指头的机能或者声带的机能等等，其实和音乐本身没有什么关系。对音乐的欣赏不能是有边界的，得能上能下地搜索有意思的东西。

季：对，小资情调爱情歌曲之类的，现在还多了一种叫网络歌曲，更可怕。您觉得是不是什么风格都了解过的人容易走得远？

刘：就是心态宽，思想没界限。你要是有头脑的界限，好东西在你面前你也不知道。如果生活对你来说就是满脑子口水歌，但头上顶着个学院的光环，你就满足了，那你肯定见不到更多的智慧之门。智慧不仅仅是在形而上的哲学里，很多是在民间文化里，比如在近现代产生的punk（朋克）、heavy metal（重金属）、 club music（俱乐部舞蹈音乐）、 free jazz（自由爵士）、hip-hop （嘻哈）等等，都给我们提供了当代社会意识形态很深入的层面，不仅仅是音乐的现象。除了自由爵士进入了学院的系统之外，其余这些流派都被算在流行文化里。其实那里面的人文精神是非常有意思的，影响到了很多当代的艺术作品和艺术家。

季： 完全没有思想那种就应该叫纯粹的口水歌，或者原来我看音乐杂志上好像有一种老派的说法叫"泡泡糖流行乐"之类的，不知道现在还用不用，就是嚼完就吐，快餐化的东西。现在总把流行音乐的概念混同于口水歌其实是特别不准确的。一说流行乐老是以为就是大俗歌，其实流行音乐的概念大着呢。 其实基本上除了口水歌剩下所有类型的音乐都是有意识形态的对吧？

刘： 整个西方音乐的发展史是建立在意识形态文化的发展上。比如上世纪出现的hip-hop、DJ文化，给很多年轻人提供的不仅是那种生理上的high，还有心理和脑力的冲击，如同早期爵士音乐对知识分子的吸引力，世纪末的音乐同样吸引了大批知识分子的关注。 当一个人的脑子没有界限没有高低等级概念地想问题时，才可以在文化上懂得佩服和尊重别人，只要是积极探索的人都是一种人，只不过可能是训练的背景不一样。学院出身的钢琴演奏家哪怕手指再快，也会欣赏和羡慕Amina的音乐感，虽然她的指头没有国际钢琴比赛获奖者快，但她的音乐感和她的意识形态显示了她音乐的特殊性。所以聪明人不会翘着鼻子说："哎我的手指头比爵士音乐家的快。"聪明人不会比赛纯技术，而是在广义状态下对待音乐。匠人的状态并没有多大意思，无论是演奏还是创作。

季： 对，现在有好多匠人状态的作曲，还有些专门做口水歌的，他们的标准就是"朗朗上口"，感觉只要不是能哼的小调儿就不是音乐了似的，恨不得做歌都是算计出来的，极其懒惰的心态，对自己完全没有要求。这可能跟生活方式很有关系。

刘： 这是不同审美观造成的不同要求。比如穿着新娘婚纱捧着奶油蛋糕的照片，就如同爱情口水歌的审美，但对很多人来说是一生的梦。你是因为听了不同的音乐对生活有了不同的认识，但不是所有音乐学生或所有年轻人和你的审美是同样的。很多年轻姑娘都有过口水歌的成长过程，口水歌似的生活梦想是很难战胜的，除非你用心思想过，或者经历过人生的真相。

季： 它好像是一个脱离不了的影响，从小潜移默化就有各种这方面的东西在渗透你。一不小心就进去了。

刘： 我们老批判极端的音乐是精神麻醉剂，其实口水歌是真正的精神麻醉剂。用某种简单的陈词滥调把你在精神上绊住。年轻时候被绊下没事儿，但得出来。

季： 就只要还能出来就行，别彻底进去了，是吧（笑）？

刘： 就怕你老了还没出来，对你自己可以说是活该，但对下一代是特别危险的。比如很多的父亲母亲，或者老师，用口水歌的观念教育下一代。

季：传播下去一害就是几代人。

谁都绊过

季：因为这又回到我刚才突然想到的一个问题，就是您说这个年轻的时候绊一下没问题，就只要能再出来就行。那您年轻时候有没有绊进去过（笑）？

刘：我绊啊，我绊得太多了。

季：我觉得人小时候好像多少都有特爱怀疑人生的阶段，我一直到大学毕业了才不怀疑了。"怀疑人生"这四个字儿真烦（笑）。

刘：你算是幸运，毕业后直接可以做你想做的事情。我们这一代是最绊的一代，轻信和怀疑，伴着我们半辈子，因为我们年轻时代的信息太少，成年之后就产生对信息的饥渴和消化不良等等。

季：可是我觉得其实每一个年代有每一个年代人被绊进去的口水歌形式，只是说时代不一样，表达方式变了而已，但实际上性质也差不多。

刘：其实口水歌和广告差不多，最反映每个时代人们的普遍追求。比如"文革"时代大家唱：革命无罪造反有理！很恐怖的口水歌吧？我们全国青年人都绊在残酷人生里十年。那时候给点儿小温情大家就能酸得痛哭流涕。

季：现在的口水歌除了表达特别酸掉牙的情呀爱呀的，就是绑架人价值观的拜金主义，词都没文化到极点，关键大家还都接受，我特别不能理解。有一次听到某个口水歌我直接哭了，就是那种控制不了给恶心哭了，就是那种"竟然敢这么恶俗"的感觉（笑）。

刘：我不知道你听了什么口水歌让你有这么强烈的反感。仔细想想我们这一百年的经历，战争和社会动荡毁灭了太多的文化和风俗遗产，所以到了现在会出现完全说不通的荒唐事。我们这一代是在知识和文化信息封锁的时代成长的，所以我们这代人有探索精神又难免有思考缺陷。狭隘的思维方式又会影响到下一代。

季：而且就怕借了一点儿别人的话和思想，然后又瞎发挥了一下就去评，其实都是拿来的东西，在自己脑子里一回炉，就以为自己能独立思考了。这还主要造成一种享受，就是议论别人。 咱们这儿微博、朋友圈什么的基本上以说闲话为主， 或者就是晒自己的私生活，炫耀或者找共鸣，跟思考完全没有关系。而且现在的网络语言体系特别不好，一出一个流行词大家都往滥了用，造成每个人都是用一种表达方式，特别毁文化。

刘："文革"的时候，谁都能写大字报。那些大字报主要不是阐述智慧，而是议论揭发和诽谤别人。那时候如果有互联网，那就得叫：恶毒.com。有些人整天琢磨怎么揭发和诽谤别人，揪出一个打击对象就拿人家私生活当笑料。还有小脚侦缉队、街道家属委员会，整天盯着每家人的把柄，闹得整个社会人心惶惶，就是那种风气把人都搞得不敢活得有个性，整天议论和关心的就是如何为了社会舆论而存在。那时候那个社会其实是一种倒退的人性关系，那个倒退的时代给现在的成年人留下来很多伤痕。这些各种各样的伤痕直接会影响作为下一代的你们。更加上那时候整个国家只有一种腔调的音乐，只有八个样板戏，就像前面说的，音乐是帮助和影响人思维的，如果这么大的国家，都用宣传音乐或者口水歌的方式想问题，你想那能把复杂的人性问题想清楚吗？

季：是的，但是两代中间有时候就会产生一些矛盾。或者说你告诉我不能这样，可是为什么不能这样？家长觉着你必须得这样，孩子根本就不服。其实家长那边的准则很简单，就是别人怎么样，社会大众怎么看，还有一个成功的标准。但是作为我们这一代人以及再年轻的一代人都没有这种精神压力，别人不这样我这样又怎么了？为什么就不行呢？

音乐家的责任

刘：应该本着特别朴实的精神去做事儿。不要轻易地说，这事儿不值，就不干了。你自己喜欢做的事情没有利益也应该干。我记得以前我在英国的时候，有个搞音乐的说："音乐家的责任就是去演音乐，有钱没钱都得去演音乐。"我觉得还是得本着这个精神干事儿，因为走过这么长的路，看到不是每件事儿都有很大利益的，尤其是没利益的事儿，可能给你留下最深的印象和特别好的经验和影响，思维上有特别大的进展。所以我觉得做音乐的不要去计较是不是每次你赚了啥、亏了啥了，因为你一生能做你喜欢的事情已经是最幸运的了。

季：我特别赞同您这个说法。我经常看见好多搞音乐的或者别的艺术行业的人爱说，把爱好当工作就没兴趣了，这种说法完全就是好多人懒惰的借口，或者说你根本没有天赋往上提高。因为你做音乐本身就是一个很大的享受了，除非你的出发点本来就是赚钱或者别的利益，那你根本就不应该从事这个行业。你做这个行业唯一的目的就是把它做好，其他都是附加值，而不应该是追求。

刘：比如说有些人就是为了参加比赛，除了比赛曲目别的不会；有的人除了上级布置下来的音乐任务，别的也不会。你让他拿音乐当高层次的精神享受，他不会；当生命活力层次享受，他也不会。合着除了为功名而活别的什么都不会！这和我们的文工团制度有关，文艺活动没有自由空间和公平的舞台，所以很多文艺人还是古代那种被官养的下九流心态。叫我干什么我干什么，不要有个人思想，当个匠人苟且活着。

季：对对，现在这个成功的概念本身特别害人，老是先想到结果，然后什么事儿都不干。

刘：没有对细节的欣赏和情趣，一切为别人怎么看你。

季：所有的事儿都是这样的，活着为了别人怎么看你，做事儿是为了怎么跟别人说。做每一件事儿都是提前先想：那要是别人看见会有什么想法？可问题是别人怎么看跟你有什么关系呢？社会责任感吗？我就老想说这个。

刘："社会责任"不是叫喊出来的。只要"社会责任"这个词变成了一种口号，很多在这个口号下产生出来的倒并不是为了社会责任，而是为了迎合口号，不犯错误。我敢说凡是为了迎合口号的作品都是假作品，本来自己想的是东，结果一听上面的口号，马上写出来西。创作者由衷发出来的自己的声音才是真正的社会责任，比如一个作曲家，他一生受到的磨难使他在一部交响乐中没有用任何和谐音程，全是噪音，这叫社会责任，他用声音在说他真实的感受。也许另外一位不同意，而把同样标题的交响乐写得非常和谐，那也是另外一位作曲家的心声，他把磨难化解了，也是一种责任。两部不同的交响乐各有各的道理，都反映的真实心理，观众各自从自己的角度去理解，就起到了社会教育的作用。越有自由创作，艺术越会自然担当社会责任。哪怕看起来是破坏性的，也是一种给社会敲警钟的责任感。

季季说2012年的798广场演出

季：2012年演出印象还是非常深刻的，现在想起来还记忆犹新呢。就包括咱们那些小录音师，那天我跟姬航宇（当场的音响师）聊起什么事儿来的时候，他说在英国读录音硕士时还能想起来当时的情景，有点儿怀念呢（笑）。因为当时调音感觉受了特大刺激，但是最后那个感觉还是很好的（笑）。他们平时在学校那活儿多好干啊，广院培养出来的学生基本上都是进电视台的，而且他们即使出去做一些活动，甚至于做交响乐队，都是很模式化的、很标准化的东西，他们都有数据参数之类的，有经验可以借鉴。这也是刚开始他们老拿参数说话却调不了我们乐队声音的原因。咱们乐队很考验调音师（笑）。因为咱们乐队跟别的乐队配置太不一样了。录音师他们那天真是疯了（笑）。我也要疯了那两天——题外话，宣传品上还忘了印老五的名字，虽然这不是我的责任，但别人一怨我，就彻底把我给逼得快崩溃了——而且那两天可能也是因为我神经绷得太紧了，因为那是第一回嘛，我来您这儿第一次做这么大的项目，然后所有的事儿全在我一个人身上堆着（笑）。我就又想起演出那天一个段子，雨雨特逗，马上到时间了，演出前，差不多已经快六点了，她从家过来，还披头散发的，头发刚洗完湿得还滴着水呢，突然问我说，季季你知不知道这周围有没有可以吹头发的地方？我差点儿气死（笑），气得我当时已经不知道该说什么了，哭笑不得，我特没好气儿，我说没有！我不知道（笑）！你不能这种时候想起来问我啊（笑）！排练时你们整天骂我。每次排练基本上都被骂（笑），然后我不是说我发烧了嘛，就是在家里憋了两天没吭声，除了练琴啥也没干，急得发了一场烧，后来就顺了。

上学的时候，是那种感觉——上台先怕出错，要是断了怎么办？要是有错音怎么办？事先你脑子老在过这些东西。然后剩下就是要保证这演奏得先完整，然后其他再说，老有这种感觉。还有老师给你的这个要求你达到了吗，完成上课讲的东西了吗？但是那场演出我就完全体会到，您不是老说这个乐队每个人都特重要嘛，老强调这事儿，然后我就在这场演出里面头一次特别明明确确地感受到这个事情。就是在里头能感受到我对乐队的作用，就是前头我说过的需要和被需要的关系，能觉着我的这个气是往里头进的，然后又在吸收东西出来。既能听见别人，还能听见自己对这个整体的影响，这种参与感是特别强烈的，很过瘾，而且演出时特别享受。真的是一辈子忘不了。所以后来他们说你在台上紧张吗，我说我根本不紧张，我哪儿顾得上紧张啊（笑）！我玩儿得挺高兴的。咱们这场演出不是最后一个曲子返场就是《广场》嘛，后来我注意了一下他们三联这个文化节的主题，正好就叫"思想·广场"，我一想，哎哟，还贴题了！有一个粉丝评价我还记得，他说头一次听您的这个音乐特别喜欢，说觉得本身自我强大的人会特别喜欢您的音乐，就是有一种释放的感觉。我觉得他这个说法挺有道理的，因为音乐对每个人的影响都不一样，有些人比较脆弱的话，他就会有点儿不敢听，因为他听音乐的时候本来是想找认同感的，可是在您这种音乐里可能得到的就是刺激和撞击，可能就会觉得晕头转向的。应该是太强了。比如说那种不敢的人，他本身很虚，陌生对他来说本身就是一种刺激吧？就是他们会不认同这种碰撞。那种真的听不了强势音乐的人就适合听背景音乐和口水歌（笑），就是easy listening（轻音乐）那种。自我强大的人，他对这种音乐的感觉可能是有一种平等的接受，或者说是一种交流吧。现在还是应该有相当一部分年轻人是因为接触的音乐类型和各方面信息多了，对于不同声音刺激的渴望还是挺多的，或者说对进步有要求的孩子也应该挺多的（笑），您这样的东西最吸引的就是我们这些小孩儿（笑）。比如哪怕我那两天累成那样儿了（笑），四十八小时没睡觉，演出完晚上回去根本睡不着！本来不是说聚餐嘛，然后没聚成还觉得挺可惜的，回家我说我一定要大睡一觉，结果我发现根本睡不着（笑）！我妈说你怎么不睡觉啊都十二点多了！你怎么现在这么亢奋啊？我说我那劲儿还没过去呢！

杨季尔　　　摄影 / 清澈传媒 2012.

加入我们乐队的第一条：能吃

如果不能吃饭，说实在的，能演下来我们的音乐会几乎是不可能的。

所有平时不重视吃的演奏者，都不能坚持两个小时全力以赴的重量级表演。

想做好音乐？吃好。

做音乐不仅需要脑力还需要体力。

吃不好的人，在音乐会上的持久力就不强。

在一个半到两个小时之内，

从第一个音到最后一个音，

都始终保持最好的能量，

需要体内的营养，

否则会头昏出虚汗。

音乐家的食谱完全用不着跟运动员似的特殊，更不用跟模特似的算计，就是保持人类的原始本能，享受饮食。无论素食还是肉食，只要你能保证在音乐会上别气喘吁吁的就行。哪怕你一辈子喝汤，把自己喝出一身的干巴劲儿也行。

你的身体有没有足够的能量，都会反映在你发出的声音里。

哪怕你一场音乐会都弱奏也不能是虚的。

我们乐队排练必备的重要条件是晚饭，我们的大厨小吴和老于已经为这个乐队做了十几年的饭了。以前他俩年轻，所以每次乐队排练都是一大桌席：

2015. © 刘索拉（北京）音乐工作室提供

啤酒蒸鸭，红焖猪肘，西北炖羊肉，法式虾汤，北京带鱼，鸡肉丸子汤，中东茄子，河北大包子，蒸饺，羊肉面，馅饼，炸酱面，河北豆角面，等等等等。

现在他俩上了点岁数，改成简化工作餐：猪肉包子、羊肉汤、馒头、猪肘子、土豆沙拉、羊肉面、蔬菜和红酒等等。

我们这个乐队基本上属于是吃货乐队，以前在国外每到一处，都是到处先找饭馆。

刚开始是必须要去吃正统的川菜，结果开车去饭馆加上吃饭喝酒加上开车回旅馆的时间，基

摄影／洪惠英 2003. ⓒ 刘索拉（北京）音乐工作室提供

本上吃完就累死了，所以大家改吃当地的各种风味。

尤其是在演出完，必然带大家去吃当地最有特色的饭。在比利时必须吃海虹喝啤酒，在德国必须吃酸菜猪肘，在意大利必须吃他们的各种面食还得吃让人发胖的甜品……

我本人不主张乐队成员在巡演的时候背着饭锅在世界各国旅馆里煮粥，搞得满楼道的菜味儿；更不主张大家从国内往国外背熟食，被国外海关呵斥；我们也不需要减肥辟谷，我们需要高蛋白、高热量，走到哪儿吃到哪儿，只要别亏嘴，发出来的声音，必是高能量的。

哪怕对业余爱好音乐演奏的年轻人，我第一件要教的事情也是：吃。

更别说我们乐队的成员，怎么给他们吃，成了我的主题曲。

我的好朋友洪晃的丈夫杨小平，他设计了我在798的工作室，还为我设计了一张大餐桌。后来小平和他几个朋友在我的工作室附近开过一个餐馆，每次我们排练我都从他的餐馆里订饭，然后他和股东们就给我们送来满满一大桌宴席，却只收二百多元人民币。

一年后，他们就赔本关张了。

ⓒ 刘索拉（北京）音乐工作室提供

后来我搬到了宋庄，又盖了一个乐队排练的大厅，洪晃和小平又送了我一张大餐桌，下午排练的时候，桌上堆满大家各自贡献的零食，基本上是一会儿就光；晚饭时，大包子大猪肘子一上桌，登时，一抢而空。

最后我还是引一段 dub 音乐制作人Lee Perry（李·佩里）的话：
把音乐想成生活。我做音乐时想生活，制造生活，我要它活着。我要它有好感觉和好味道。

摄影 / 清澈传媒 2015.

■ 平等空间

　　谁都明白什么叫平等空间。我在美院做这个题目的工作坊时，给学生们做的练习，就是如何在一个躁乱的大空间中保持自我空间的独特状态。

　　而对于我们这个乐队来说，就是在一个舞台上、一首曲子中，每个人都有其重要的演奏位置和责任，都有发出自己光彩的机会。

　　作为一个作曲，无论写谱或启发即兴，我有责任去为演奏者创造一个这样的空间；

　　而作为一位演奏者，得学会重视自己的声音空间。

　　这是一个很小很小的概念，但为什么 Ornette Coleman（奥奈特·科尔曼）当年要特别提出"平等空间"这个音乐概念？

　　主要是"平等"这件事在这个大世界里是太难做到了。

Amina C.Myers

Fernando Saunders

Gert Mortensen

Pheeroan akLaff

113

安志刚

白明卉

陈河霖

陈甦超

115

程雨雨

老五（刘义军）

李真贵

梁和平

117

刘畅

刘梦

刘索拉

马瑞

蒲海

乔佳佳

邱晨

万幸子

巫娜

吴静

杨季尔

杨靖

袁莎

张广天

张列

张萌

125

张仰胜

甄建华

朱雷

II.

与好友对话选

反叛容易反省难

—— 刘索拉与朱正琳的对话

刘索拉：

　　老朱，我们就从这段话开始说吧——这是季季从网上下载转给我的笑话："如果有一天，我们都因为下载音乐而被投入监狱，我仅希望能按音乐风格将我们区分开（If someday we all go to prison for downloading music, I just hope they split us by the music genre）。"我特别喜欢这个笑话，希望将来更多的中国孩子能享受"人以音分"这种境界。这让我想到你书中写的年轻时代偷书的故事。季季这个80后的孩子，说她想法的时候，常让我欣然，现在这代孩子终于对文化的鉴赏有了分类的辨别力，而不仅仅是像老一代人看着一幅俄罗斯画能惊呼其美就算是有艺术鉴赏力了。我记得在国外住的时候，常看到中国一些作家成批买英文书是为了放在书架上摆放，不管是什么书，也不读英文，只为了让别人看着有文化就行，可能一辈子也不会看那些书；这常让我想到我们的教育是多么在乎别人怎么想自己，自己在别人眼中的形象，但对知识却不求甚解。我记得在"文革"的时候，因为大家都没有书看，所以看两本书的人来回说那些书中内容就能得到别人的仰慕。于是到今天，夸夸其谈仍旧不算恶习。大家反而觉得仔细追究是很无聊的。

朱正琳：

　　索拉，我看我们的"对话"有点摸着石头过河的意思。也不完全对，过河总有个大方向，目标在对岸不是？我们现在的情况倒像是——你那里一扬鞭，喊一声："驾！走到哪儿是哪儿！"于是我们就开始了。得，就让我们信马由缰，看看会走到哪儿去。

　　接着你的话说。季季说的笑话确实有点味道。想想我们贵阳的那帮朋友吧，年轻的时候那么爱扎堆，真是恨不得坐牢都坐在同一个囚室里。喜欢画画的、喜欢写诗的、喜欢读书的、喜欢唱歌拉琴的……一句话，凡是兴趣爱好与文化二字有点沾边的都扎在一起，以至于常有"瓦岗寨好汉尽数在此"的感觉。上世纪八十年代我到北京来念书，才知道全中国都一个样，这里一堆，那里一堆，到了北京，五湖四海的还能扎成一堆。我当时的感叹是："怎么连叹口气都是相通的？"直到九十年代以后，观点不一致、趣味不相投的现象才逐渐显露出来。结果发现，那分歧就大了去了！真要坐在一个牢里，那还不得打起来？不过，把价值取向先放在一边，单说审美趣味，其实是连分歧也都是粗枝大叶的。

当年我们的胃口确实都很粗糙，如今当然也细不到哪儿去。我曾经把那个年代比作饥荒年代，一个饿汉自然是吃什么都香，来不及细细品尝。所以，是个饿汉（爱文化的人）就引为同道，顾不上什么行当不同"风格"差异。不过，其实我们的胃口粗糙至少还有另一个理由，那就是，在"文革"时代爱文化，本身是出自一种叛逆的立场。这种叛逆立场引出了一个不需依靠鉴赏力的结论，即：凡是禁品就都是好东西。"文革"时期又差不多把所有文化产品和文化活动都给禁了，所以我们也就囫囵吞枣，热爱一切与文化有关的东西。长期的营养不足，加上长期的囫囵吞枣，被损害的恐怕不只是鉴赏力。我曾经说过：如果可以给我们的精神照镜子，其发育不良必是一眼就能看出来的。我同意你的看法，季季他们会好得太多。成长过程中至少没闹过饥荒嘛！

至于说到夸夸其谈的恶习，我想起陈冠中和梁文道的一段对话。他们说是一个日本人说的：就说话给人的感觉而言，香港人是cool and dry，台湾人是warm，而大陆人是hot。他们也觉得这话很贴切。香港人和台湾人是怎样的我不太清楚，但我熟悉大陆人（也就是我们自己）的hot，大言炎炎嘛！我们所受的教育让我们习惯了宏大叙事，调门总是偏高，以至于在公众场合都低不下声音来说话。顺便说一下，有宏大叙事为支撑的夸夸其谈是很能让自恋者得到满足的。

刘索拉：

我觉得这么瞎说挺好，我们开始的主题就是审美趣味的"立场"，我觉得这审美立场比阶级立场还重要。我们去年为日本无印良品的唱片录音的时候，当监听音乐家演奏时，有些音他们拿不准怎么表现，即便是对那些他们已经演奏了一生的作品，还是有处理音乐的"立场"问题。比如说，有些音符一听就带着早期上世纪六十年代提倡的革命浪漫现实主义处理方法的影响，哪怕演奏的都是古代音乐——这和音乐美学训练有关。我就对演奏家说，这些音在演奏的时候能否带着些attitude？在美国我们常说，某个音乐家好，因为有attitude，而不决定于这个音乐家是否获过什么奖。Attitude 就说明一个音乐家不仅技术上还在美学甚至是人生哲学上有种态度，而不是盲从。所以我跟中国音乐家们说，这些音在处理的时候要有个attitude，要有态度。他们当时都不明白我说的是什么，于是季季向他们解释说，就是要有"立场"。音乐家们马上就明白了。"立场"这个词对于中国人来说是更明确的解释，可能因为我们一生都被种种运动考验过立场吧，于是这孩子就选用了这个更干脆明确的词。我觉得这个词比我以前用"态度"这个词更干脆果断，更不容分说。就好比季季常对不能接受的音乐表示态度说：杀了我吧。表示宁死也不接受。这让我想到塞林格的《麦田里的守望者》中的孩子对战争的态度是宁可坐在炸弹上飞出去，也不打仗，以表示反战；又比如当面对一群高叫"真善美"、自称是代表上帝的伪善者，你是不是宁可选择魔鬼下地狱算了？对审美观也得有一股宁死不屈的劲头。话题远了。

朱正琳：

我很赞成"审美立场比阶级立场更重要"的看法。你看，我们俩好像有点太一个鼻孔出气了，也不知是否会妨碍对话的进行。说说我自己的体会吧。我到北大上学时已经三十三岁，结识了一帮二十上下的男孩女孩，他们背地里都叫我"老家伙"。最初的交往是北大特有的那种谈话，充满了形而上的字眼，并且摆出一副高手过招的姿态，试探性很强，那模样真仿佛隔着条沟（人称"代沟"）。直到有一个晚上大家聚在一起唱歌，我忽然觉得我能懂他们了，并且觉得他们好像也懂得我了，那沟也就消失了。从此就真成了"忘年交"。我清楚地记得，不是他们唱的那些歌（当然与我唱的歌不一样），而是他们唱歌的那种态度打动了我。但从此也就喜欢上他们唱的那些歌了。用我们此刻所用概念来说，那一晚我与他们显然是懂得了彼此的attitude，彼此的"审美立场"，而且发现它们其实是相通的。从那以后我得出一个结论：人与人之间的隔膜，主要不是产生于思想观点的不同，而是产生于审美趣味的歧异。反过来说也一样，人与人之间的融洽主要不在于思想观点的相同，而在于审美趣味的相通。这个结论一再得到经验的证实。一般地说，两个思想观点不同的人可能成为敌人，但不妨碍他们作为个人能彼此欣赏，在一起相处时甚至会觉得愉快，但两个审美趣味不同的人就很难凑在一起而不互相讨厌的。先打住，这么说下去我很可能会成了你的回音壁。咱们得想辙（北京话是这么说的吗？）杀出一条血路来。

刘索拉：

我在看你的书，让你的书给吓着了。你这么专业的知识分子，跟我对话等于是跟幼儿园智商对话，得下降多少层来就合我呀。我只能跟你说音乐假装知识分子。那也不公平。所以我不知道说什么了。咱们俩都不是置身社会主流的人，我看起来拼命工作，但其实是个积极工作消极存在的人，你好像连积极工作这条都没有。两个本质上消极的人看来没什么话好说了。你是习惯回答不习惯引话题的，似乎对于聪明人来说，有什么事值得张嘴聊呀？

我没话说了。

朱正琳：

索拉，看来是真给吓住了？我再瞎说几句，还是从你所说的审美立场这一主题谈起。

立场这个词，在我的词典里，还残留着某种政治化或意识形态化的色彩。因此，这么多年来，我其实一直回避使用这个词，总怕让别人觉得有"上纲上线"的意味。想想我们年轻时，说"这是个立场问题"，事情有多严重？但这一回我倒是比你先用了这个词，说我们当年有一种"叛逆的立场"。其实我是犹豫了好一阵子才用的，有趣的是，我开始用的是姿态（attitude）一词，后来才改作立场的。这种"用词心理"怕也称得上是"打上了时代的烙印"？

刘索拉：

我们确实很可怜，从文字到音乐，到所有其他一切的文化教育都有一种启蒙上的误导。就如同你说到的政治语言对我们意识形态的影响。在音乐上，我们这一代受到的政治宣传式的音乐启蒙教育，也常常会影响到我们的举止。比如，一个音乐家朋友，早晨起来一推窗户看到太阳，马上用乐器奏出一首激昂的乐曲来，他以为自己演奏的是对自由的向往，结果演奏出来的声音其实是一种政治宣传音乐风格的克隆。启蒙教育对一个人一生的思维会有很大影响，在信息缺乏和误解的启蒙教育中长大，除非我们学会反省，否则完全在文化上是"立场"混乱的。比如我只有在出国后学音乐的时候才发现了我们在国内得到的贫乏的音乐信息能够给我的思维带来多少局限，甚至都影响了我的语言和生活审美。可以说上世纪八十年代以前我们大多数人受到的无论是学校教育还是家庭教育，都是非常中国社会主义式加上革命浪漫主义现实主义的，那种简单化和统一化，会影响到人后来的思维方式。别说在"文革"的时候，大家都唱的"红歌"，到今天还影响着多少人的思维；记得我在"文革"时追求反叛，听到拉赫玛尼诺夫的音乐，就非常激动，那声音似乎很迎合当时我们那种潦倒得失望但又随时都在希望，和对什么都激动、都爱、都愤怒的年轻人。于是乎那种浪漫主义的思维也进入了我们的思维系统，没有小细节的大情感。然后我们发现后来面对很多事情都被一种音乐剧式的思维方式来支配着，追求感情大写意（钢琴上的表现诸如不断大琶音、大八度等等），缺少对细节的准确辨别力，或者没有耐心去辨别。我记得小时候就听到那种艺术家需要浪漫和不拘小节的粗糙说法，而忽略了艺术正是要讲细节的。其实艺术家需要花很多的时间调正细节，尤其是在细节上的"审美立场"。这些说起来简单，但是做到就非常难。来来回回听一句音乐，自己听着挺美，其实可能一不小心已经流俗了；可能耳朵里跑进来的只不过是老套陈词滥调，该马上扔进垃圾堆里，却捧为灵感。这个打磨审美的过程，似乎是一生的事。对于我们来说，尤其慢和难，就是因为我们有一半的生命都在教育上被误导了，不仅是启蒙的误导，包括当今，有时迎风吹来的不过是现代主义的陈词滥调，也以为新异。

朱正琳：

　　说到启蒙教育，那恐怕是一代人甚或几代人的切肤之痛！我老爱说我们这一代人是"先天不足，后天失调"，其中"启蒙教育"的缺陷无疑是很关键的一个原因。接着我们前面说过的话说，"简单化和统一化"是"意识形态化"的结果，最适合生产不动脑子就激动的"愤青"。或者应该这么说，"愤青"的问题主要还不是不会动脑子，而是不会动感情。我想象，"愤青"的脑子像一块结构简洁功能清晰的观念键盘，敲击某个键，就会直接并且准确地引发某种情感，中间没有经过任何省察与判断。我们常批评说"愤青"的这种简单化反应是缺乏理性，这话大体上也没错，因为在具体情境下做出道德判断是需要独立运用理性思索能力的。但现在看来，审美趣味的缺乏怕也是一个不可忽略的因素。那种敲键盘式的情感反应也是没有经过审美判断的。审美判断总是理性与感性结合在一起作出的判断，不能单纯依靠理性。因此，趣味的养成是审美判断得以进行的先决条件。不难想象，趣味一经养成，就必定会拦在敲键盘式反应的途中，成为直接反应的障碍。要言之，敲键盘式反应就是以"大情感，没有小细节"的习惯为基础的，而审美趣味却全在"小细节"上，离开细节就根本无趣味可言。所以，认真想起来，审美趣味才是"简单化和统一化"或"意识形态化"的天敌，反之亦然。"意识形态化"并不全然一味地反对理性的运用，相反，它需要依靠理性的误用来造就蒙昧（想当年理论在我们的生活中占有多重要的地位！）。但对审美趣味就不一样了，它必须让它们荡然无存，以便于只留下"大情感"。也可以说，"意识形态化"就必须取消审美。由此也可理解，为什么在我们所受启蒙教育中，蔡元培强调的"美育"整个地被束之高阁。就说音乐教育吧，除了小学学过几天简谱，剩下的就是教唱"革命歌曲"。唱的时候那个感情"大得来"（学一句上海话），"还真把自己当个人似的"（再学一句北京话）。直到今天，老头老太聚在一起有时候还唱，唱起来还那么豪情万丈，觉得自己年轻时代是"激情燃烧的岁月"。可见"在教育上被误导"并非只是困扰了一代艺术家的工作，而且损害了整整一代人的生活。后者在我看来更为严重。

刘索拉：

再回到"立场"这个词，我也是因为"文革"把这个词给故意忘了。我特别同意你说的，就好像写文字，我们都得故意避开一些词。本来以为是中国人的毛病，现在发现全世界都是一样的。比如全世界人由于希特勒事件对宣传品艺术都非常敏感，或者说"艺术为什么服务"这不仅是中国讨论的问题。我最近看了一部英国纪录片《看不见的战争》，是关于反对伊拉克战争的，上面把所有美国好莱坞拍的战争宣传品电影都列举出来，包括越战时期的《早安越南》。这就是对艺术的裁判——对艺术家立场的裁判。对于宣传品艺术，当然在中国从来没有被公开讨论过，栗宪庭对宣传品视觉艺术有很好的研究论文，很值得学习，但直到现在，在音乐界，还是只有宣传品作品最容易通过审查和主流推广。现在似乎开始有了些改变，主办人为了商业，也会想到做娱乐品，于是宣传品和娱乐品成了艺术的主流。而娱乐品也是宣传品，是商业宣传品。所以在中国的主流音乐理念里，宣传意识还是很强的。当我看到在纪录片《看不见的战争》中罗列的一系列好莱坞宣传战争的影片时，我同时想到了科波拉的《现代启示录》，想到在那个年代美国知识分子整体对越战的反对。这种"立场"，也使《现代启示录》永久经典——虽然导演本人表示再也不愿意拍摄此类受到商业操纵的艺术片。反省，是艺术的永恒主题，但这点似乎对于中国的"文艺界"主流是不可思议的。因为在我们的教育里，好像也从来没有教过"反省"——除了有斗私批修的自我批评。说到"审美立场"，也是一个反省过程。其实反叛容易，反省更难。其中包括对自我的否定。

朱正琳：

这个话题倒真愿意多听你说说。区分宣传与艺术，确实是知识分子应该做的工作。我很想更多地了解一下西方知识分子是用什么样的标准去判定何为宣传品何为艺术品的，那部电影里有介绍吗？我们早先接受的意识形态宣传是比较容易识别的，它大致是以恐惧作为内驱力，用一套理论说辞作为外包装，把一种或一套信念强行灌输到人的意识或潜意识中去。现代西方的政治宣传，大概不太能用恐惧做动力了，那他们用的是什么手段呢？老实说，当初我看《早安越南》时就被感动了，不太能识别它其实只是一种宣传品。我想他们是用的一种古已有之的手段，叫作"寓教于乐"。这就牵扯到娱乐，在当代，娱乐可是个大题目。文艺作品向来也有娱乐性，我们怎么区分艺术作品与娱乐产品呢？我想，莎士比亚时代的人大概不会追问这个问题，看莎翁的戏极有可能首先被认为是一种娱乐。我们这个时代提出了这个问题，想来是因为娱乐产业的出现？从什么时候起以及在什么意义上，娱乐也成为一种（商业）宣传了呢？我这么问下去，好像成了采访。其实不然。我提的问题也是我自己在探索的问题。我注意到当今世上确实有一种被叫作艺术家的人，奋力在铺天盖地的宣传与铺天盖地的娱乐（或政治宣传与商业宣传）之间维护自己的"消极存在"，维护的方法似乎就是"积极工作"，而你便是其中的一员。我早觉得可以多谈谈你的工作，我很想知道你是怎样用你的工作为艺术（同时也为自己的存在）划定边界的。我认为你的回答会对我自己的探索有帮助。当然，你要不愿意说也可以不必理我，我们可以谈别的。

刘索拉：

我想明显的宣传品文化，常常带有几种特征：拼命通俗，要把主题说清楚，为此，必须删除很多趣味和细节，必须简化，必须突出主题形象，必须煽情等等。这些特征，无论对政治宣传文化还是商业宣传文化都是通用的。

并不是所有的娱乐文化都是宣传文化。我个人认为娱乐与文化兼顾的作品是非常宝贵的，因为娱乐文化中有很多传统的细节，比如中国的传统相声、传统说书等等，都是娱乐，又是文化，但是很多"文革"时期的社会主义新相声把那些传统给抹了，就成了宣传品文化。中国的元杂剧是娱乐也是文化，中国的琵琶乐曲很多是来自娱乐现在成了文化，这些例子都和莎士比亚的戏剧很像，在娱乐中充满了文化的细节。那些精湛的句子，令人世代背诵，无论是追求娱乐还是艺术，"有说法"的作品都是长久耐人寻味的。比如西方流行音乐中那些所谓很有暴力情绪的音乐，朋克、地下摇滚等等，非常重要的一面是为了宣泄反叛式的生命力和思想张力，但这宣泄的方式很大成分也是一种娱乐，这种娱乐音乐又由于有其说法，所以成了重要的文化现象。

我记得一本美国的音乐美学理论书里说到宣传品音乐时，称赞最完美的宣传品音乐就是巴赫的音乐。因为他的音乐虽然都是为了教堂写的，但写得之精美，已远远超越了宣传，而成了人类智慧的经典。又比如那些古代的教堂壁画，和古典主义绘画，是宗教题材，但精湛的技艺早超越了宗教本身。

而我们最常见到的宣传文化，是那种千篇一律、没有个性的假面具文化。它能使孩子们受到非常坏的影响，从小被宣传品文化培养出一致的表情和一致的审美、一致的思维方式和言行举止等等。

美国的宣传品文化当然比中国的制作者们更有经验，他们知道用"人性"来掩盖直接宣传，在主流意识形态中加上点儿酷，加上精良的制作团体，就把主流情感方式很精彩和轻易地传给了观众。现在中国好像也在学，但因为人们平时生活方式还比较糙，思想行为也糙，电影镜头是不饶人的，一不留神就说服不了"文化人"。

娱乐，其实是可以很高雅、复杂、诙谐、幽默、有讽刺感、意味深长等等，但这些特点，在大多宣传品中很难看到。世界上的商业宣传广告片，只有英国的电视广告片力图做到这些，每个电视广告片都力图是一个幽默短片或者艺术片，这可能就是西方艺术家对宣传文化深思熟虑的结果吧。

朱正琳：

索拉，原想等你再写上一段（比较精确的表述）再一并回复，以免由于我误解了你的意思而跑偏了。但今天又重读了附件里你最后写的一段，觉得还是可以先说几句，也许对你想要"想得精确一些"会有点帮助也难说。

巴赫做的宣传品超越了宣传宗教的目的，成为音乐经典（艺术品）；莎士比亚的戏剧在满足了娱乐需求之外，又提供了某种超出娱乐的东西（"有说法"）。这两个例子绝好！也许我们可以学着古希腊人来讨论问题，一步一步地把讨论往前推进。巴赫与莎翁的例子说明，宣传品与娱乐产品都并不绝对地排斥艺术。相反，它们中的一些完全有可能成为艺术品。不过，这里要小心做出区分，即：巴赫做的宣传品之所以成为艺术品，不在于它们最出色地完成了宣传宗教的任务，而在于超越了宗教宣传的某种东西（某种特质？某种功能？）。同理，莎翁的戏剧中也必定是有某种超出了娱乐的东西。那么，我们下一步要做的事，就是找出这种东西（这种特质、这种功能或这种"说法"），并尽可能清楚地表述出来。如果能做到这一点，我们也就说清楚了艺术与宣传、艺术与娱乐的区别。不是吗？我们还可以先试着从听众和观众的角度来探讨。当我们说巴赫的音乐和莎翁的戏剧是艺术品时，是因为它们带给我们哪种满足？笼统地说，肯定不是宗教上的满足和娱乐上的满足，而是某种"艺术享受"或"审美享受"。这种享受还常常伴有思想上的启发，也许就是你说的"有说法"。这种笼统的说法当然还可以进一步分析，不过眼下我想先问你的却是：作为一位艺术家，在艺术创作的过程中，你是否总是能意识到艺术与宣传或艺术与娱乐的界线，并因而时时刻刻警惕着不滑出那界线？如果是，那是否现代艺术家大都像你一样？我这样问，是因为我想象巴赫和莎翁都不会有这种意识。某种意义上可以说，他们几乎是无意中创造出的艺术经典。还有一点，如果你能清楚地意识到那界线，你是否能清楚地表述你所意识到的东西？

以上所说所问，供参考。我的主要想法是，也许这种辩析会有助于你"想得更精确"。

刘索拉：

老朱，我昨天刚下飞机，昏睡了十个小时，现在在美国的早晨给你回信。其实脑子里一直在想怎么说清楚，结果你的信上说的正是我一直在想的：以往那些大师首先就没有想过当大师这个事情，而是在拿艺术当职业的时候，先想到怎么做好这个职业——比如戏剧家，要保证台下观众喜欢看，如果台下的观众都是有一定生活水平和教养的人，肯定你的剧本就不能比观众还低，而至少要能让台下那些有教养的观众觉得叹服吧。这可能就是莎翁的戏剧创作要素——语言传统中的幽默，诗史中的深层含义——这都是喜欢琢磨语言的习惯造成的，而不是他极力要当大师而造成的。而巴赫对音乐的理解和敏感，他的逻辑性，使他无论写任何题材都会是首创性，和宣传宗教本身早就没有关系了。这两个例子，和后面西方很多艺术大师的例子都是一样的，比如勋伯格研究出来的十二音体系真的是一种他自己思维的习惯，如果不这么想音乐他就不舒服，他肯定没有想当什么鼻祖，而是思想的习惯，这和哲学家也是一样的。比如尼采，比如黑格尔，比如凡·高，等等，都是思维习惯。没有人会发誓诅咒当大师之后再采取自己的创作行为吧？这可能只有在中国会发生，因为中国在几十年封闭中，大家可能真的是没见过什么了。

你老是在问我的创作，想必是好心地要把我拉到话题里来。我自己真的是本着"不这么活，我不知道怎么活法"这个"悲观"的想法在创作。不是真的悲观，而是一种不介入，我自己觉得这样很舒服，但在别人眼里可能是很悲惨的——这个人真苦命，不会享受生活! 你了解我，我从来没有想到过当大师，甚至都没想过自己是不是一个艺术家 —— 其实这种感觉也是挺舒服的。这还真可能是小时候（十七、十八岁左右）受到存在主义和虚无主义，加上无政府主义等影响的结果，什么都是"无"，但不是大众理解的那种"无"，而是另外一种极端 —— 极端介入内心但不介入外界。这种选择，当然最好的宣泄口就是艺术创作，因为它提供持续头脑 high 的可能。没有什么别的意义，high 使你逃避听外界那些"唠叨"的同时，也逃避内心的麻木。当然，加上：对语言好追究，对哲理好奇，对人和事好有看法，对音乐好偏执，等等，都造成我的创作；然后，发现一个中国人总是要面对比西方人多得多的困难和曲折来面对创作，光说背景，咱们就要为了多看几本书来搭上命，比如你；然后等你所谓的可以平等面对西方的时候，突然发现西方并没有平等看你。在启蒙文化中感到不平等，就会启发一个艺术家为自己的创作找到一种特殊的"药方"来拯救内心的自尊，我老是形容所谓艺术风格就是找到自己的化验室，然后躲在里面就不用出来了。这个化验室，就是以往所有艺术大师们都为自己找到的"形式"。比如作为犹太人的勋伯格面对巴赫创立的欧洲音乐传统采取了他自己的十二音序列；爱尔兰的王尔德面对英国莎翁传统采取的颓废时尚完美主义；而美国黑人拿着白人的乐器创立了爵士音乐，等等。当你找到自己的"药方"后，你就可以毫不犹豫地面对所有的误解了。

之所以这是个药方，就是它专治你自己的思维困扰，成为你的思维方式，解答你的问题。所以它和社会准则没有什么关系，只是当社会发现它有用的时候，可能会拿它当什么成就而论，但大多数的药方真的就是针对自己的。这可能就回到了我们所说的娱乐，我想到小时候的北京，还有天桥艺人，那些艺人那时候还是吞火吞剑的，那就是祖传的生存药方。但当某一个传人学会了穿着时装吞火吞剑，并把这个技术带进到装置艺术中等等，他就不再是艺人而是艺术家了。好比理发这个行业在上世纪六十年代的西方进入了艺术圈，而电影这个典型的娱乐行业现在已经成了高不可攀的艺术——其实并不是所有的电影人都懂艺术，哪怕是歌剧，也是娱乐出身，因为进入宫廷，现在成了艺术。所以艺术和娱乐，其实是一家人，但为什么今天我们看到很多的娱乐那么可恶呢？我想就是失去了古代娱乐的那种风俗性、民俗性和个人风格的特殊性；或者就是直接把民俗的娱乐改抄成了宣传品娱乐，我想这是最可恶的。娱乐的可贵，在于来自民间，它有一种民间思维的深邃和特殊的技术，比如侯宝林的相声百听不厌。但是后来的相声，说的都是人民公社，或者宣传什么重大活动等等，那叫什么呢？是贫嘴的广告，不是相声，应该当广告放映。传统民间娱乐和艺术有一种共通之处就是反讽、自嘲，艺术就是多了反省、多了批判、多了美学的较真等等。所以当一种宣传品艺术以较真的美学出现的时候——比如巴赫——就又成了艺术。美学上的较真是艺术必不可缺的，否则什么都不是。再回到侯宝林的相声，他在语言上是非常较真的，这使相声在他这里成了语言的艺术。在美学上是否较真，一定不是在美学上模仿的，一旦模仿就不是较真了，这一点在国内很多的艺术家没有明白。你会模仿，比如模仿贝多芬，甚至模仿现代音乐，都不等于你较真。较真必须出于训练加上悟性，这一点，艺术家还是该向民间艺人学习的。说得够多的吧？

朱正琳：

索拉，没想到时差竟有如水位之落差！你那里口若悬河，我这厢便是"遥看瀑布挂前川"了。一时有些眼花缭乱，定下神来才慢慢理出些头绪，却也无法全面回应，只能拣几个有感觉的地方说说。我一直想从你在创作中的体会去把握艺术的"特质"或"功能"，也即区别于宣传与娱乐的东西。从你这番话看，或许最要紧的就是"美学上的较真"。关于艺术究竟意味着什么，我原先也想过一些。比如说，艺术这种东西离不开技艺，即便是一门普通的谋生手艺，凡技艺精湛到一定程度，人们就会惊叹："简直就是艺术！"又比如说，凡艺术品都必定是原创的，复制品就不能算艺术品，因此真品赝品的区分才被人们看得那么重要。与这一条紧密相关的是，凡艺术品都是有个性的，并且只能是单件的，不能批量生产。举例说，紫砂陶的艺术品因此总是单件的署名作品。但我也一直知道，这几条并没有把艺术的特性或含义概括无遗。从观者或听者的角度看，艺术品给人带来了独特的审美感受，但这感受却不是完全来自其个性、其原创性、其技艺的精湛或这三者加起来。应该还有一种东西，我总觉不太说得清楚，也许就是你所说的"美学上的较真"？我在想，这种"较真"当然不能等同于技艺上的精益求精，也不能等同于刻意地追求个性或原创性，而倒是可以和这场对话开始时你所提出的"审美立场"以及"细节上"的讲究（趣味）等等相呼应。也就是说，看你"嘈嘈切切错杂弹"地说了许多，却始终没有跑题。看来这"审美立场"让你感触甚多，我不反对就此再多说一些，因为这确实是个好主题。与此相连的还有"反省"，我几乎想建议咱们这场对话的标题就叫"反叛容易反省难"。

我问你的创作，不是出于"好心"想找一个你有话可谈的话题。我是觉得，你的创作历程是一个个案，很能用来说明我们正在讨论的一些问题。从你的小说《你别无选择》开始，人们就感觉到你的"反叛"超出了（比如说）"伤痕文学"的"反叛"，王蒙先生用调侃的笔调评论说，你的这篇小说是"吃饱饭没事做"（大意如此）的人写的，我想他就是敏感到你的叙事已经表现出一种新的审美趣味，表达了一种新的"审美立场"，于是一下子就跳出了一个已然统治多年的意识形态化的框子。在那个框子里不是没有反叛，但反叛者在审美立场上却与被反叛者相去不远甚而完全一致，所以也总是或浓或淡地带上某种意识形态色彩。或许可以说，至少在文学还存在"轰动效应"的上世纪八十年代，文学作品虽然表现出很强的反叛意识和批判意识，但总体上说却没有表现出充分的反省意识。你的作品给人一种很另类的感觉，一直不在所谓"新时期文学"的各种潮流（伤痕文学、寻根文学以及八十年代末的"先锋派"等等）之中，有时候可能会让人觉得是不理"反叛"与"批判"的茬。但在我看来，从一开始你就比很多人走得更远，个中三昧可能就在于一种审美立场上的反省，一种"美学上的较真"？音乐上的创作我不太懂，但我还是能感觉到你的作品好像也不在什么潮流中（比如"现代派"——有这个说法吗？）。实话告诉你，我一直饶有兴味地在观察和琢磨你的创作，当然不是一本正经搞研究的那种。

很高兴能借此机会听到你自己的"主诉"。"化验室"是个很有意思的比喻，耐人寻味。一种艺术风格就能为你挡住整个世界？你就可以在你的"化验室"里持续地high？我开始有些明白，"艺术就是他或她的生活"这种说法是什么意思了。"持续high"绝非只是艺术家的一种追求，据说吸毒的快感就很high。假设吸毒不会对人体带来那么多危害，想象一下吸毒的人数会增加到什么样的一个数量级？但艺术家追求的high显然有点不同，我想最主要的不同是艺术家high过之后有作品出来。必须有作品，这可能是艺术家心中的"绝对命令"？沈从文说过："我不知道什么创新，我只知道去完成。"（大意如此）不难想象，"去完成"必是一个艰苦劳作的过程，但"化验室"里的"药方"带来的种种神奇化学反应会使这个过程high起来？

再多说几句。在哲学这个行当中，"哲学是一种生活""过哲学的生活"或"哲学地生活"等等说法也常被人说起。在一般人的印象中，哲学是一种沉思默想的行当，想来不会去追求high。这看法其实并不完全对。被称为"街头哲学家"的苏格拉底成天在街头拦住过往行人讨论问题，我猜测他常常都很high。我们都有过在讨论中觉得high的经验，尤其在获得某种洞见的时候，所以我的猜测不是无稽之谈。只不过哲人却不一定要出作品，有哲学家甚至说："只有苏格拉底才是真正的哲人，因为他从来不写书。"如此看来，我们又有了一种既不同于吸毒也不同于艺术的high。但哲学与艺术也有相通处，两种high都能"使你逃避听那些'唠叨'"。有浪漫情怀的哲学家海德格尔甚至论述说，那种"唠叨"（他称之为"闲谈"）是"此在"（人）"沉沦"的一个环节，一种表现。我对此有所保留，经常有为"常人"的沉沦状态（也就是普通人的日常生活）做辩护的冲动，不过这话就说得太远了。如果不那么上纲上线的话，我对逃避那种"唠叨"的冲动也非常理解、非常同情，有时候甚至非常赞赏。而且，事实上我自己也常在努力逃避。

刘索拉：

老朱，我刚回北京。这下可以接着聊了。我觉得咱们这么有一搭无一搭地聊挺好的，很多你我的想法都出来了。插句关于哲学high的话：中国古代文人是弹着古琴想哲理的，所以很多哲理变成了声音。可见声音和哲学从来就是一体。往俗里延伸一下，活着本身就是持续high的过程，不同人有不同high的品位。你要是爱喝酒，肯定忍不住要品；喜欢美食，肯定追求food high。我在不同的年龄阶段曾为不同的声音high过，然后就琢磨那些声音是怎么出来的。包括我非常喜欢当音乐录音师和调音师，这根本就不属于作曲专业，也不是什么大音乐家喜欢干的事情，纯粹是出于喜欢声音本身。大音乐家不过是到了录音棚，明星般出两下声音，录音师赶紧录下来，还要把那些声音最后制作成天籁之音。录音师这工作，就像是化妆师和电影明星的关系，由于爱化妆也会爱上那些明星的脸。我也有那种技师的心理，对声音有种泛爱。现在很多音乐是录音棚里出来的，不是现场演奏出来的，所以合成音乐有一套独特的学问。别小看那些小孩儿们的制作，比如在西方音乐俱乐部里为什么有那么多年轻人去跳舞，就是为了追求那种耳膜震得鼓起来的感觉。很多人不理解俱乐部音乐的魅力，觉得就是商业音乐、重复的单调节奏等等，在国内很多俱乐部把这种音乐很小声地放，当背景音乐放，怕声音大了震耳朵；其实这种音乐不是为了小声听的，而为了很大声听，把声音开得很大，感受耳膜被震得发胀、心脏震得几乎颤动、百会穴几乎震开那种感觉，那就是那种音乐制作的本意。所以无论是古琴微弱的拨弦声还是震天的鼓声，都会给人不同的high体验，因为我们人类身上那么多不同的神经是主宰不同感受的。

艺术家如果局限自己的感官体验，就容易卷入流派之争，比如严肃音乐家喜欢否定流行音乐，或者流行音乐家觉得严肃音乐已经僵死等等。这种互相的排挤就阻挡了多种感官体验的可能性，就好比少品了好多种酒。其实我觉得在音乐创作中除了哲学思考之外，必须要以找到一种让自己可以high起来的声音为前提。这是很多音乐家忽略的事情。他们太忙于被认可，然后在表现手法上，很轻易地借鉴前辈。这可能和我们的教育体制有关系，过度地夸张成就和意义。我们常把启蒙教科书中的例子，当成绝对的真理来灌输，把艺术家的创作快感，包括那些快感的痛苦，都解释成对当时社会反叛的人性痛苦挣扎，其实艺术家的痛苦常常是有快感的，快感和痛苦常常同时辅助着艺术的产生 。在这种前提下，凡·高和莫扎特，都是high了一辈子。high的最高层次， 就是独立思考那一层，就不是很容易"分享"的了。对音乐家来说，就是自我训练的过程，对你来说，可能就是哲学思维的过程吧？深层思维的high，其实是需要独自领略的，分享是暂时的。比如， 在音乐上，非常具备哲学思维的作曲家勋伯格，被大家更多强调的是他的十二音序列体系；而我常常看他的总谱如同看小说一样去看，我觉得他其实有很多对哲学和美学以及原始宗教的特殊想法，都是表现在他的乐谱中，但是大家太多地分析他的体系，这个音去哪儿了，那个音去哪儿了，如同解数学题，解不开以后就开始诅咒他太繁琐，但他可能是把很多用文字不好说出来的思索放在了那些貌似数学的乐谱里。这就是品味"较真"的例子。为了探索他对宗教和美学以及政治上完全不同的见解，他必须要有自己的一个体系，也就是一个自己的实验室。在这个实验室中，他可以把所有与别人不同的见地，或者最反叛的见地都放在那些瓶子里，变成他自己的药方。我想他是完全有资格和哲学家并列的作曲家。但我对他的崇敬并不阻挡我对发明迷幻音乐的那些孩子们的敬意：他们先迷幻了，制造出来一种很奇怪的声音，可以让大家都跟着很快很简单地high起来。在他们发现那种声音的瞬间，谁都没有先想到商业，但那种声音很快变成了商业音乐，今天，更是在世界各个角落被众多模仿炮制着。

我有幸偶然认识了电影导演科波拉，就是《教父》的导演。他除了曾导演《教父》《现代启示录》《惊情四百年》等奥斯卡获奖大片外，现在只拍独立制作的小片。除此外，他靠种葡萄园、制作葡萄酒为生。我们喝他酒庄的酒，有些人开始要文雅地谈品酒，他马上说，我从来不议论酒，只喝酒。我对他的尊重，更多来自于他对独立制作电影的重视。他那些独立制作的电影很实验性和私人性，完全不属于商业电影之列，同样也没有被商业推行过。我想到咱们的对话，特意向他讨个说法，这是他的回答： "I am trying to treat my work in cinema as if I do it only for personal rewards, not in any way commercial or even professional. I am trying to be an 'amateur', learning step by step how I can express myself in this wonderful art form. （我试着拿我的电影作品只当成一种对我个人生活的奖励，而完全不理会商业甚至专业性。我在试图当一个业余者，一步步学着怎么在这个美好的艺术形式中表达自己。）"他这说法并不和他同样强调百分之二百的投入有冲突，最重要的是……见好就收吧。

听音由命

—— 刘索拉与儿时朋友的对话

一　蓝调与内心悲哀

老木：

　　从2002年你回国后，我就一直想和你好好聊聊。虽然咱们从小一起长大，彼此那么熟悉，可是这次你回来我发现你有很大的变化，甚至很多地方和小时候的你简直判若两人。所以我特别想知道这么多年你在国外的生活和经历。可你回来后就一直不停地在忙，于是我就看了一些媒体对你的采访，想从中找一找你在国外生活的痕迹。所以咱们就从你出国开始谈吧。

　　我在一篇采访中看到说1987年你应美国新闻总署之邀访美时，当问到你想做什么，你回答想听摇滚乐。而且在你访问了乡村音乐、爵士、蓝调及摇滚乐歌手后，觉得蓝调给你的震撼最大。开始我挺奇怪你怎么会上来就选择摇滚乐，因为你是科班出身，而且咱们小时候听的都是西方的古典音乐。继而又不明白为什么蓝调会这么打动你。后来我看了你的一篇文章《摇摇滚滚的道路》里形容的蓝调后，我有点儿明白了。你写道："……突然，朱尼·威尔斯把嗓子高高地吊在空中，又悲伤地滑下来，幽长得让旋律哭泣、呻吟、哭泣、呻吟——声音抛上去落下来抛上去落下来。他坐下，冲着黑暗，黑色的面孔抽动着，他的所有神经和血肉都化成最哀伤的曲调从他的骨髓里冒出来。他不再是朱尼·威尔斯，而是一只黑得发蓝的音调在扭动。那种伤心没法说，哭不是，不哭也不是。上帝听了也得抽筋儿，旋律像绳索上下摆动勒住所有人的喉咙和灵魂。这就是蓝调，这就是黑人的灵魂。"真是绝妙的描写！我都被打动了。再回到前面的问题，你怎么会想到要了解爵士乐？在听了蓝调后，你是不是突然发现音乐应该是这样的，就像你后来在《行走的刘索拉》里说的，蓝调是一种来自于生命和灵魂里的声音，没有包装，是一种性的碰撞，它源于一种特殊的文化和生活方式。所以它也是一种即兴的音乐，特别情绪化。你当时是不是觉得蓝调一下子让你找到了你想要的东西？

刘索拉：

　　我曾经是个非常悲哀的人。那种悲哀，不是可以解释出来的，好像生活得多么好，都挡不住那种悲哀。一般大家都看不出来，以为我会起哄，开玩笑，会交际，我心里一定是阳光明媚！我不知道那种悲哀心理是什么时候开始有的，你知道我小的时候最没心眼儿。

老木：

你小的时候属于那种顶着大脑袋睁着俩大眼睛，走路内八字，什么事儿都不想的小孩儿，一点儿看不出悲哀来。

刘索拉：

记得小时候学跳舞，六七岁的时候，有一阵子走路是外八字脚，我爸爸一看见，皱着眉头说：你怎么这么走路？跟鸭子似的！我听了很不乐意，顶嘴说：人家是在学跳舞，跳舞的人都这么走路！但是后来我还是把脚给撇回来了，就成了内八字。你记得不记得小学的时候咱们老在学校跳舞，有人说我，你的姿势挺好看，就是一站就是内八字！后来我又把脚有意往外撇，上中学的时候一直是撇外八字走路，看着像跳舞的，这坏毛病一直到了很大以后才改了，朋友说，你怎么走路像农民似的撇外八字？我就顺着马路上的线练直走。最后变成了一只脚内八字，一只脚外八字。这撇脚的事情就如同人生，我对人生一直没有固定的概念，从来不设计，不拿自己当事儿。一说这种事情，大家都爱听，听起来我的生活一直就是这么有乐子。所以大家不理解我在独处的时候有另外一种心情。

老木：

我觉得你的这种悲哀和你的家庭处境有关。

刘索拉：

我在"文革"的时候才知道我们家是怎么回事。当然这个事情对我的一生影响非常大。随着年龄，我的一生都变成了对父母命运的誓言。但是以前我并没有那么明确的感觉，我只是越长大越有一种悲哀的情绪在心底里藏着，生活对我来说处处都是黑色幽默和悲哀。所以我说话的时候，很容易刺激别人的神经。我老得注意我说话别伤人。说回到蓝调，可能就是我的性格的多重性，我在上世纪八十年代末期，在中国最"红"的时候，听到了世界上最悲哀的音乐——蓝调，认定那才是我要听的声音。那是一种绝望的声音。在大家都开始用已经建立的功名去打天下的时候，我却跟着这绝望的声音走了很久，直到很久以后，才知道这声音有一种命运的魔法 —— 当然对于真正爱它的人来说。我说这个没有否定蓝调的意思，而是说真正有灵魂的声音对人生就是魔法。对蓝调的感觉是我在上世纪末的时候，我病得非常厉害，我病了好几年，躺在床上，才醒悟到我是走进了一种声音的魔法。它领着我走进了世界各种声音的角落，它使我认识了各种声音的意义，现在我走出了那个生命阶段，还是要感谢这个声音给我的考验。

老木：

　　这里我引一段你曾经在采访中说过的关于蓝调和爵士音乐的话："听到蓝调是1987年在芝加哥。当时我被美国政府国际访问者计划邀请去访美，当时我提出来要听美国音乐，他们就安排了我访问各大音乐城市。在芝加哥，他们给我派了一个律师带我去听音乐，他是个黑人，他就说我带你去个地儿，白人根本不可能带你去。他就带我去了个小酒吧，有一个叫朱尼·威尔斯的人在那儿，当时他在那儿喝酒，那天晚上他本来不打算演出，我去了，他专门为我演了一场，我就疯了！他要是说你跟我走，我就跟他走了，绝对是。因为这个音乐太有魅力了，这场音乐遭遇对我来说永远不可能忘记，没有任何一个音乐会让我感觉像它那样勾魂。在这之前我总有个感觉，就是有一种东西我做不到，我觉得我自己的破音乐根本不能听，我心里有那股劲儿，想弄个什么东西，但是我做不到，没有方向，直到遇见他，我才知道世界上还有这种音乐，就是我要找的音乐。所以人就需要找到那么一个东西。每个人的一生都在找某个东西，找不到的时候，你就有各种各样的表情，不舒服的，拧着的，一旦你找到了这东西你就顺了。然后过了几年我就专门跑到黑人的大本营孟菲斯，专门去学蓝调，每天跟他们在一块。最重要的是你得理解那音乐是怎么出来的。蓝调和爵士乐如果你理解它的根源，它就是黑人的哭泣的灵魂，是对自由的一种呐喊。我觉得我们这一代经历挺多的，回顾这些经历的时候，我常常有一种想哭哭不出来、想喊喊不出来的感觉，不知道怎么办。而我想用音乐来表达，可就是整个人像是被塑住了，在音乐里头我跑不起来。直到我到纽约跟爵士乐家在一起，我才感觉到我所有做出来的东西都让我有一种在自由奔跑的感觉。我觉得它是个哲学，爵士乐是一种放松，一种寻找，你永远在寻找你自己的真实的东西，它永远不把你固定在一个程式里面。爵士音乐家的演奏有很多是即兴的，同一支曲子今天跟明天的声音是不一样的，他一边吹着或者弹着的时候，他在想人生的事情，并且融进音乐里来，这就是爵士乐的一个根本。它是带着体温的一种音乐。你一听就知道我这人怎么回事，赤裸裸，就是这种感觉。"

刘索拉：

　　关于对蓝调和爵士乐的说法，我已经说了太多了。在我和田青的对话中（见散文集《行走的刘索拉》——昆仑出版社），全是关于这段经历的感受。

二　文学与音乐的关系

老木：

你一谈到音乐语言就变得很抽象，有些人就怕你认真说音乐，因为你谈音乐时有一种独特的表达方式，能把人的思维给扰乱了。一般的人好像容易就事论事，不像你一说音乐就进入一种完全超脱现实和虚无缥缈的境界。二十年前你发表了第一篇小说《你别无选择》，同年又出了它的姊妹篇《蓝天绿海》和《寻找歌王》，当时中国文学界把《你别无选择》当成了现代文学的里程碑。其实我知道在《你别无选择》中，你实际是想借用文学的形式打开一扇音乐的门，由此引出对音乐教育的探讨。但是因为小说的独特视角和新颖的语言形式，完全吸引了人们的视线，因此立刻在知识界和学生中引发了一场对人生观的热烈探讨。由此使你们班的同学们也都成了中国的音乐明星。由于你的那种语言形式使大家忽视了或者没有懂得你小说的原本意思，没有意识到它不是一般的人生观的争论，更不是对现代主义文学观的争论，而是想对中国的音乐教育和音乐在中国人生活中的意识形态上的影响提出你的看法。

刘索拉：

所以从上世纪八十年代起，一和我讨论文学我就住嘴。我又不是学文学的，又没有要改变中国文学方向的野心。那时候，大家都在议论我到底是从什么文学中找到灵感，议论我是个什么人，为什么这么思维，议论我的长相，议论我的生活方式。要不就说我创新，要不就说我抄袭，我想说的事情其实都是非常简单的，就是音乐美学。我们的生活中和教育中很少有音乐美学的教育。

老木：

何止音乐美学！"文化大革命"否定了一切美学观念，把美学意识从人们的脑子里彻底清除了。所以弄得咱们集体地粗线条，你还记得咱们十八岁时穿的什么吗？四个兜的中山装，老头鞋，老头帽。也就仗着当时年轻。

刘索拉：

不过也挺简约好看的呵，年轻就是一切。我们从小到大的音乐教育非常简单，在中小学生中，甚至普通大学，都没有音乐美学教育。关心音乐的人就是看那些陈词滥调的小册子，大家对音乐说着千篇一律的话，或者干脆不懂。一个没有音乐感的社会非常可悲，没有音乐感的社会思维是单调的。但是我们刚从"文革"运动中出来，直到上了音乐学院才让我接触到那么多丰富的音响，才知道在世界上和在我们自己的文化历史中，有那么多不同的声音，才开始思考音乐给不同的社会和人带来什么不同的变化，才知道音乐如同隐形的建筑，是一门精确的学问，不是靠叫喊或单纯的激情可以筑成的，而真正的音乐家们一直是由灵魂中的声音在指引着，而声音不停地在向音乐家指示命运。在上世纪八十年代，所有的年轻艺术家都在热情地寻找新的艺术方式，那时的信息其实是非常少的，大家只能是在有限的资料中探索，《你别无选择》使我们曝光，但并没有解决我们自己对未来创作的困惑，所有的人都必须继续不停地探索，当时我们那么幼稚和热情，对所有的事情都好奇。因为中国刚刚打开大门。

老木：

上世纪八十年代，大多数中国人还在为生活的基本建设而忙碌，所以你们的困惑就显得让很多人不能理解。你在那时候就自己写摇滚歌曲自己演唱，主张自然发声，后来在八七年还写了一部摇滚歌剧《蓝天绿海》，因为那部歌剧，曾经有媒体称你为"摇滚第一人"。但是它从来就没被搬上过舞台。据我所知，那部歌剧是根据你自己的小说改编的，你写剧本、作曲，还参加演唱。你现在又在做同样的事情 —— 创作歌剧，写剧本、写音乐、扮演主要角色。只是这次是应德国委约而创作的，而且，马上就要上演。想不想说说你的这部新歌剧？

刘索拉：

刚写完，离我太近了，说不出来。简单地说，乐队是德国现代室内乐团加上我的"刘索拉与朋友们"民族乐队。故事是现代的女性悲剧，一个女人的野心随着时代膨胀，乃至大到可以毁灭其他人和一个时代，而精心算计和互相利用是有承传的，在那种世界里，基本没有一个好人。

老木：

和你以前的摇滚歌剧《蓝天绿海》有什么差别？

刘索拉：

《蓝天绿海》里没英雄也没坏人，但是这部歌剧里没一个好人，非常难写！

老木：

那可太有意思了。你的文字和你的音乐总是在一起。包括你的小说中也有很多地方或是描写音乐或是用音乐结构组成的。一般来说，一位兼音乐家与作家于一体的女性，本来是符合流行文化的偶像标准的，而且在上世纪八十年代你已经具备了很有利的推销自己的条件，但是由于你太强调对音乐和艺术的专业性理解，反倒使你自己处于远离大众的境地。你好像是故意非要把自己变成不流行的艺术家不可？

刘索拉：

说实在的，我更喜欢现在中国的情况，很多不同的艺术流派，很多不同的艺术家，很快有更新的信息……谁都不能长期地吸引大家的眼球，可以安安静静当老百姓。上世纪八十年代的时候艺术界就那么几个人几条枪，大多数的人还不理解。老觉得我们是吃饱了撑的，非常地引人注意和不被理解。真够惨的。现在大众都吃饱了，但吃饱的时间还不够长，有人还要吃动物园里的动物呢，等大家至少知道保护动物的时候就知道欣赏不同的艺术了，就知道不是所有的艺术都是为了助消化用的了。我喜欢安静的创作和与人平等共处，不喜欢比赛也不喜欢为人师，也不喜欢变成大众偶像，因为我喜欢自由的生活，所以我当不了偶像。说到音乐和文学，它们就像是我的左右脑，一边不动另一边也不动了。这都是命，神经系统都是连着的，我没法严肃地解释我和音乐与文学的关系。

三　在高雅与平民文化之间

老木：

在音乐上你怎么看自己的身份？摇滚音乐家？作曲家？唱蓝调的？2001年回国为卡地亚演出的时候，又被媒体称为"中国的爵士乐皇后"，现在你又在为现代管弦乐队写歌剧，有位西方音乐评论家说，他等待着在台下看到你作为剧作家、作曲家、导演兼主演向观众鞠四次躬，因为这是世界上第一次出现这样的作曲家。但是对于不了解音乐的人来说，还是不懂你的音乐风格，不知道怎么把你归类。

刘索拉：

所以别把我归类。虽然我现在回到了作曲老本行，为古典音乐家写作"新音乐"。但我仍旧常常被俱乐部音乐的DJ们、hip-hop 小孩儿们所启发，他们都是音乐感极好的人。我老喜欢引用那个发明"迷魂药声音"的DJ的话：兄弟，这他妈的是什么声音？真酷！从此"迷魂药声音"遍布世界。对文字，对生活，对音乐，我都喜欢这种态度。首先得兴奋起来和好奇，然后有对技术和美学的强烈追求，一个艺术作品的诞生是在"把玩"和"认真"之间翻来覆去多少次，不能总是玩儿，也不能总是认真。很多时候，可以说，要是玩儿也得是认真地玩儿，往死里玩儿。

老木：

我看过很多你对音乐创作的阐述，我的感觉是，你是用严谨的方法去创作听起来很随意的作品。有很多人对你的音乐不理解，也有人好奇你为什么选择那些不够"高雅"的音乐，比如蓝调、爵士。你曾经也说过你花了很长时间才完成一个转变。

刘索拉：

别说别人对我有疑问，很多年来我自己也曾常问我自己：我干吗要混在这些不仅不怎么识谱，还对我的作曲教育完全不买账的音乐人当中？我凭什么把自己给弄成了一个流行歌手似的人？我凭什么抛弃所有的音乐教育去当一个"歌手"？为什么天天琢磨这些学院作曲家们根本看不上的小调，天天琢磨这些学院作曲家们根本看不上的节奏？

老木：

是呀，一个学院训练过五年的作曲家，为什么要混到朋克乐队里去当歌手？为什么和蓝调音乐家唱一些小调等等？这个转变的过程是怎样的？在这个过程中对你影响最大的是什么？生活经历？人生哲学的变化？你曾说过你对那些别异、另类的东西有兴趣，那些持怀疑态度、有另类抱负的人对你的影响特别大，很少从那些正统的东西那儿得到启发。我想可能是这类人更富有创造性吧。你曾经说德鲁兹对你的音乐产生了很大的影响，是什么样的影响？出去多年了，也经历了很多事情，是不是觉得自己有了很大的变化？思想上的？音乐上的？都能详细谈谈吗？

刘索拉：

比如我坐在一个乱糟糟的咖啡馆里，里面放着的音乐是一个女摇滚歌手唱的："我是一只母狗。"然后是一通疯狂的吉他声。这种音乐和这种歌词都让我想到我们年轻时候的疯狂。这是一种年轻人轻视生命和轻视正人君子的态度。没有一种哲学是为了事先设定某种生命意义而创立的，只有在体验到生命之后才会体验哲学。不敢选择自己的生命观，也不可能明白那些伟大哲学的真正定义。一个音乐家，选定了自己的音乐思维方式，用声音给听众带来一种生命磁场，启发听众内心对生命的不同感受，这需要一种生命的勇气，比如可能你的音乐永远不是主流，也许你永远贫穷等等。有争议的思想常常是思想者发出来的，没有争议的言论常常是抄袭最普遍的定论。其实我并没有在创作前事先受到德鲁兹理论的影响，而是在我做了自己选择的音乐之后，在德鲁兹的理论中给自己找到了理论的根据。这是一种很普遍的事情，一个艺术家在创作之前不可能看哲学书去找方向，往往是做完了才发现有相同的哲学说法，为自己的做法找到了理论根据。我们常常会发现我们今天做的事情古人早就做了，或者上代人早就指出、同代人已经在重复等等，如同时空切割，只要没偏见，可以在智慧的迷宫里来回串门儿。 在我不明白自己的感受和创作时，往往才发现早有明白人写出书来等着给我点亮儿。

老木：

这里我摘一段你说过的话，我想这段话仍旧能够代表你今天的想法吧：

"我在国外从摇滚、布鲁斯、reggae（雷鬼）等等走了一遍，这样的训练是我在音乐学院学不到的。而音乐学院给我的另一种训练则是非常厚实的，让我很快能辨别什么音乐是好的，什么是不好的。这样我在民间和学院两边窜，实际上是在寻找，想确认自己的声音是和别人不同的。而这种不同不是说和前者绝对的不同，而是相对的不同。这种不同包括音乐的明确、文字的明确、思想的明确和生命的明确。如果没有这种明确，那么我就是乱的。我不讨论什么成功，谁谁谁挣了多少钱，我不讨论这些。我觉得最重要的讨论是美学意义上的。一个作曲家，比如勋伯格，他为什么要创立十二音列体系？那是他的美学状态。他绝对没有想到创立十二音列是要拿什么奖。他只是想到，他的美学状态必须完整。他之所以打破前人的定律是因为只有如此他的美学状态才完整。我们做音乐的人都应该具备这样的美学追求。你不一定要建立一个大的美学体系，但是你应该有自己的小的美学体系。你不见得有大的东西，或者全新的东西，但是只要你把你自己的美学体系弄清楚、完善，横的是横的，竖的是竖的，你做了这个，你的心就踏实了。美学上都是这样的。为什么人们要做这么多音乐，这么长的历史时期为什么有这么多不同的音乐，就是因为人们处于完全不同的美学状态。可是有的人却意识不到这一点。其实音乐界就是应该从美学的角度来讨论问题，可是大家也知道，这样太累了。我就主张应该有美学讨论。我是喜欢挑战的，没有挑战就没有意思。无论是流行音乐的差劣还是学院音乐的保守，都是美学意义上的失败，都会阻滞音乐的发展。很多人不愿意接受挑战，害怕挑战，因为一展开讨论，就不得不面对真实的问题。这一点音乐界和文学界差别很大。我本人特别喜欢古典音乐、古代文学和古典绘画，即便是传统美学也有很多不同的美学观值得讨论的，不是一传统就没有媚俗了。如果你说学院音乐的讨论老百姓听不到，那就讨论流行音乐吧？流行音乐也没有讨论，也没有挑战，更没有人敢于站出来说你这个音乐是俗不可耐或粗制滥造等等，整个音乐界没有像样的音乐批评，那这个音乐界肯定长进慢，某些方面还不如十几年前呢。很多流行音乐除了制作上稍微好了一些外，情调还是和十几年前一样。音乐上我们不谈别的，就谈美学、技巧。我觉得这样才好玩。"

在你的音乐中用了很多中国的戏曲、鼓书、民歌等等，这些传统艺术在今天已经不太容易见到了。这倒让我突然意识到，在音乐上中国可以说已经完全被殖民了，西方音乐在这儿早已占据了高雅音乐的位置，中国音乐反倒成了民间音乐。据说当年在上海音乐学院首演《梁祝》的时候，竟然有人认为用小提琴这么高贵的乐器拉民族乐曲是对小提琴的亵渎！可见被殖民的程度！！2000年你的"新民族大乐队"在北京演出后，我看过一篇对你的采访，当时你说：只想给民乐加点儿什么。你想加的是什么？你对中国传统艺术和中国民乐的现状以及未来怎么看？

刘索拉：

正像我上面说的，如果中国是世界上最早有十二音律的国家，中国的古人是最早用音乐来判断精神命运的人，那么在中国的古代乐器里和古代的音乐中，有很多的声音是非常神秘的，是仍旧可以影响现代人的精神气质的声音。但是只有懂得现代人精神气质的各层面才能从这些声音中找出那些永恒的秘密。对于一个作曲者来说，和中国专业的民乐演奏家合作应该是非常愉快的，他们不仅有传统的演奏技术，又有非常好的学院派训练，是特殊社会环境下培养的音乐家。你提到的文化殖民主义倾向是非常有意思的，这当然和中国近百年来在经济上处于劣势有关系，最可笑的还是我们以为推翻了封建王朝赶走了美帝国主义就不会再被殖民也没有封建了，我们忘了马克思主义也是进口的！所以在长期的专业音乐教育体系中（我不敢说别科的教育），都曾经是以苏联的教育系统为准则的。还有一个说起来好玩儿的事儿，现在"全球化"这个词说得太多了，惹得全世界都无比反感，所以各国开始更重视保护自己的传统，生怕被全球化吞掉。但老一代留洋的人在西方没赶上"全球化"热，回国后立足推广西化希望国家能跟上世界，所以在上世纪二三十年代城市里的教育是以西化办学为先进的。而我的父母正是上世纪初文化教育的结果。我记得小时候听父母之间的谈话很有意思，爸爸受的是私塾教育，因为他爷爷是教私塾的；而妈妈是上海艺专的学生，但只学了点儿初级钢琴和提琴就赶上抗日了。但妈妈似乎始终都认为她比爸爸有文化。说到文化，她总有理，因为她知道莎士比亚，能背诵高尔基和列宁全集，大家也觉得她"洋"。但爸爸画一手好工笔画，会书法，善工艺和园艺，都是私塾教育，却只能自认比妈妈"土"。而我们小时候的社会主义教育结构，是马克思列宁主义毛泽东思想加上西方古典浪漫主义和苏联社会主义现实主义。在这种文化结构中，民族文化只是歌颂太阳的花朵，谁真正在意它的深远历史和内在精神呢？我记得纽约茱莉亚音乐学院乐团的指挥周·萨克先生有次问我："为什么亚洲的女孩子都来学钢琴？我的儿子根本不学古典钢琴，只弹爵士乐。我现在都得跟他学爵士乐了。"我想很多在美国的中国人或亚洲人都没注意到这点，美国是产生爵士乐的国家，那是美国人的骄傲。很多华人以为爵士乐会有辱音乐家的形象，真是巨大的误会。爵士乐不仅建立了美国黑人在正统音乐界的地位，而且帮助世界上所有非主流音乐建立了一个演奏的平台，同时为现代作曲家提供了更广阔的创作灵感。它实际上就是美国的民族音乐之一。所有的民族音乐都有一种很深邃的灵魂，而不是为了旅游者修饰出来的国家装潢。我在与各国民族音乐家共处的时候，最最羡慕他们的时候就是能听到他们用灵魂演奏出来的声音。

四　作品与生命

老木：

　　具体说说你的作品吧。1994年你的第一张专辑《蓝调在东方》出版后曾在英美新世界音乐排行榜名列第九，并被《纽约时报》评论为"远胜过任何百老汇演唱家的专辑"，更称赞是"唯一有资格进入美国新奥尔良音乐节的中国音乐家"。我听了《蓝调在东方》，它好像是用蓝调的框架加上自由爵士和即兴大鼓书、戏曲等手法来讲中国的传说故事。是不是在被蓝调感动后，你要用这种形式来表达你自己？是把中国乐器和西方乐器融和在一起的一个尝试？你是怎么想到要做这样的尝试？

刘索拉：

　　我一直就羡慕中国的戏曲老艺人，他们在演唱的时候，就如同非常好的说书人，每一句唱腔都非常地动人。我在和田青的对话中（《行走的刘索拉》）也有很多关于这方面的感受。《蓝调在东方》中的《伯牙摔琴》，就是去模仿鼓书艺人的演唱，但在即兴时，我拿着一本《今古奇观》，看着《俞伯牙摔琴谢知音》那一篇，张嘴就唱。这也是很多蓝调音乐的创作方法，歌手就是想说一件事情，有了词，张嘴就唱。说起来，这要感谢阿城，我在爱荷华国际写作中心的时候，他来看我，谈起明清小说，他送给我那套《今古奇观》，并提醒我这些故事中的音乐性。因为这些故事都是讲故事的人讲出

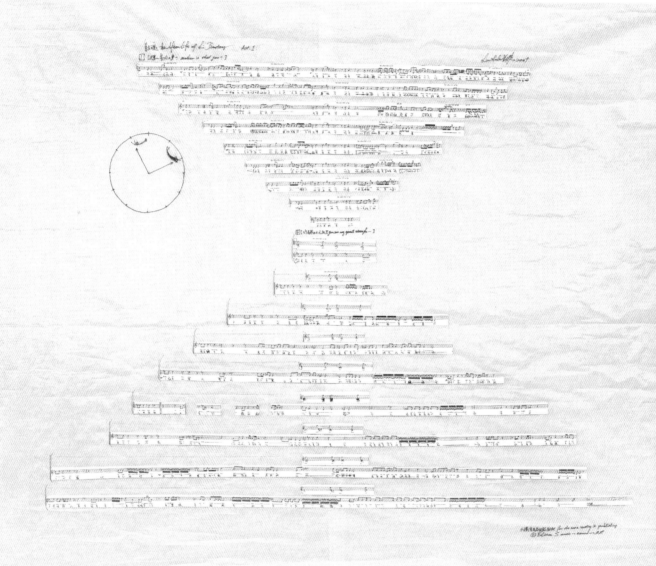

刘索拉歌剧《自在魂》乐谱局部　摄影／雅昌　ⓒ 刘索拉（北京）音乐工作室提供

来的，而不是作家写出来的，他们在讲故事的时候肯定是声腔起伏，所以才有那么多的诗词间插。我决定选择《伯牙摔琴》来做音乐之后，看着故事就能听到说书人的腔调。写这个作品的时候，也是第一次为琵琶写作爵士蓝调旋律。

老木：

《中国拼贴》是你在1995年做的第二张专辑，纯粹的琵琶与人声的音乐。你曾在一次采访中谈到它的创作："……《中国拼贴》是想追求一个原本的琵琶和人声效果、原本的民族音阶和原本的素材上出新的感觉。"这张专辑也获得了很多好评。《纽约时报》评论说："索拉在一种传统文化的音乐的内部，着重强调了它本身的不同，音色丰富而富于表现力……"《亚洲周刊》评论说："正是刘索拉的作品使这一古老的中国乐器摇滚起来。"这是不是你继《蓝调在东方》之后的又一次探索？在音乐的形式上它与《蓝调在东方》有什么不同？你是想要挖掘出或者还原中国乐器的原始声音？或者是纯音乐美学上的尝试？

刘索拉：

我身上有一种原始的动力，可能近乎于兽性，我必须要挖出所有乐器和声音中最疯狂的可能性才算过瘾了。这是为什么我喜欢重金属音乐。很多人受不了重金属摇滚乐的大音响，可是我的耳朵必须要听到非常疯狂的音响才好像舒服了。但是这种音响似乎不可能在中国民乐器中存在，于是我想法去发掘，我不信中国古代人或者是琵琶的早期演奏者不曾有过我这种欲望。于是我发现所有的中国乐器都有过疯狂的纪录，不过是后来的人把它们都藏起来了。这可能和儒教有关系，中国古代早就有十二个音，但是由于中国古代儒家学者们对音律太有研究又太担心音响对人精神气质的影响会殃及朝廷的动乱，所以就渐渐把十二个音给减化到五个音了。这也说明中国古代文明和声音是有紧密联系的，音响的确是能影响精神意志的，中国古代有很多关于声音的神秘论述。于是儒教为了减化人的思想，只有消灭音响。但是把人们的思想都只控制在五个音的想象王国里，等于把人都阉了一样。文化也由此而被阉割。

老木：

也许从神秘主义的角度来理解你的音乐就容易了。1998年开始你成立了"刘索拉与朋友们"乐队，其中包括中美两国的音乐家。1999年你带着这支乐队回国参加北京爵士音乐节，在北京和上海演出。我听说那次的演出非常轰动。著名作家史铁生说："第一次听爵士乐，没想到是这样，一开始

153

有些诧异，但两分钟后就听进去了，听得发呆……在农村我见过跳大神儿的，直接见它的时候觉不出那里面还有美在，现在，音乐把它剥离出来了……一个料想不到的位置，把你引上了另一种思路。"有媒体评论说："刘索拉用自己的人声和琵琶、电贝司、架子鼓合作，表演了无法归类的奇异音乐。她的音乐中不仅有爵士乐的成分，更多的还是无词的哼唱、叫喊以及歌剧、中国戏曲、民歌甚至'跳大神儿'的片段，就像她1996年在日本发表的专辑《中国拼贴》一样，这个现场也像是将许多种截然不同的音乐元素拼贴到了一起，显示出开放的胸怀和融会贯通的勇气。"这里说你的音乐是奇异音乐，也有的说是先锋音乐，从专业的角度看你的音乐应该属于哪一类？我看了你最近的音乐会，感觉是新奇、另类和震撼。我想知道在你的音乐里你追求的是什么，或者说你想表达一种什么样的精神内容？你曾说你致力于创作的是"非常中国化的但又不像是中国音乐"的音乐，这句话怎么理解？

刘索拉：

我觉得更多的时候一个艺术家的创作特色不是"追求"来的，而是一种信号的启发结果。这个信号往往是生命中的关键时刻出现的，于是决定了这个艺术家的创作风格。这种信号在一个人的生命中有时不仅出现一次，也有的时候出现了一次就要了命！我是非常宿命的人，我的音乐变成了什么声音都是命运的结果。比如在我完全是一个"懵懂"之人的时候，我做的所有事情都是由于我浑身都是劲儿！也就是从上世纪七十年代一直到九十年代，我一直不知道我将来会做什么样的音乐，我完全是跟着我那浑身的能量瞎走，我那时候心里除了有很多说不完的感情——如同所有女人一样，对所有的事情和人充满感动，又有青春能量，所以乱放射，没有目标。咱们小时候虽然经历过"文革"，但是"文革"给我们留下的那些生活经验还不能说是真正的悲哀体验，那时候我们毕竟非常地年轻，不懂生活，遇到了伤害只知道哭，哭几场吃顿包子就忘了。真正受到伤害的是我们的家长，我们受到的不过是"余震"。但是我出国以后，我父亲的去世，才叫我真正懂得了什么叫大悲哀，大悲哀之下人是哭不出来的。只是面对一个外界人无所知的世界，把自己完全交出去，叫那个世界来掌握自己的生命。我从九一年开始对另外的世界感兴趣，是由于我的父亲。他把我带回到历史和另外的世界中去，因为他，我的音乐和我的文学都变了。《中国拼贴》是那时期的代表作之一，里面的音乐充满疯狂和神秘主义的感情，尤其是《死亡》那一段，里面有很多叫魂和鬼魅的声音。后来与我合作的琵琶演奏家吴蛮请求我们在演出的时候不要演这段，她本人觉得不吉利，我后来就尽量避免演出这段。但其实《中国拼贴》里的鬼魅声音不是在一段里，琵琶音色本身就是非常鬼魅的，对我来说，每一个琵琶音色都是天外之音，敦煌壁画中画的那些琵琶女，不是没有缘由的，琵琶绝对不是后来我们理解的茶馆音乐和妓院音乐的乐器，琵琶是神乐乐器，不知道怎么后来就沦落成了妓院里的娱乐乐器！没准儿和它是外来乐器有关系吧，无法和古琴的高尚地位媲美。所有的中国古代乐器（包括被古人征服过来的外来乐器）中藏着很多天外能量，和世界上任何古代乐器一样。的确是因为二十世纪的中国文化受了殖民文化的影响，大多数人——尤其是受了一点儿西化教育的人——就对自己的民族乐器有偏见，生怕听了民乐就把自己那点儿西化的痕迹又抹了似的。当然民乐的声音表现不如西乐声音大，这声音的微弱也是它们的神秘所在，比如古琴，是文人与自然对话的乐器，不是娱乐人用的，其实比如今的三角钢琴的姿态要高雅得多。

老木：

现在的"刘索拉与朋友们"乐队经历过几次重组，一开始由中美两国音乐家组成，到现在是清一色的中国民乐家。这是不是与你的音乐风格的不断变化有关？2003年你的乐队在柏林国际音乐节上的演出引起了轰动，德国的媒体评论说："刘索拉在寻求道路，不向西方正统音乐和流行音乐投降的道路。"今年6月你在德国参与策划了柏林2005 in-transit 国际音乐舞蹈节"反叛者音乐会系列"。"刘索拉与朋友们"在"反叛者音乐会系列"中的演出好像使媒体又看到了一个新的刘索拉。《南德日报》评论说："刘索拉是作为受过严格古典音乐教育的艺术家，她一到美国面临的就是摇滚乐、布鲁斯和REGGAE的即兴文化。但如果今天倾听刘索拉的音乐，我们几乎无法相信这点。那些音乐给她的影响几乎已荡然无存，她和谐和优美的音乐使她远离了摇滚乐、布鲁斯的特色。可以说传统重新主宰了刘索拉。她的音乐会展示了人声音乐在有限的音域里的高超技艺……音程宽阔、充满活力的演唱征服了听众。"从这些评论中好像觉得你又回到了传统的风格。那么你现在的传统风格与你没有接触爵士乐之前的风格有什么不同？是什么使你的音乐风格在不断变化？我觉得一个人的风格的变化经常体现了其人生哲学的变化，对于你是这样吗？

刘索拉：

按道理来说，艺术家的作品就如其人。但是对于音乐家来说，很难用音乐判断人，因为音乐太抽象了，加上有很多的创作规律和演奏规律，如果你知道怎么用你的耳朵，不用什么思想也能创作出好听的音乐来。所以音乐也无法完全代表人格。准确地说，音乐家证实的不过是得到声音信号和表达声音信号的能力。我说的这种音乐创作不包括带文字的，只是纯音乐创作。音乐一旦有文字，就有明确的意识形态，没有文字的时候，它可能有很深刻的故事也可能什么故事都没有，不过是声音。我最近选择用民族乐器组成我的乐队，也是试图逃避电声音乐中那种太明显的时代特征和人文态度，我想听到更多人性少灵性多的声音。也许只是生命中的一个阶段的需要。

老木：

在你近期的音乐中好像能感觉到还有宗教的色彩。去年你为一个现代舞剧写了一部室内乐，据说用了《易经》中八卦图的结构，我不太懂。是不是你认为音乐除了其表象的声音外，与自然和宗教都有内在的关系？你曾经说你找到了自己的声音，指的是什么？你说过：你活着没有确切的目的，也永远不知道自己的未来，只是把该做的做好。这是你的人生观吗？

刘索拉：

我相信命运，所以对生活采取一个省事的方法 —— 听天由命。用图像的形状来结构音乐已经是我惯用的创作手法，有时这些图像的人文意义就是音乐的意义，一种命运的暗示。《觉》这个舞剧讲的是舞蹈家高艳津子和她母亲罗丽丽的故事，她们母女俩用亲身经历编了这个剧本，很有一种命运的启示感，所以用八卦图来结构音乐一下子音乐就出来了。一个人除了能设计自己的房间或者是自己的作品，还能设计什么呢？谁都不能设计命运，设计命运的人是最大的玩笑。

老木：

二十年后的今天，你的《你别无选择》又再版了，而小说中的反叛形象们却都成了世界级的音乐家。听说2006年德国政府举办一个大型文化项目"中国文化回顾"中，他们将首次相聚德国，与欧洲最高水平的现代室内乐团合作，首演以《你别无选择》冠名的中国作曲家音乐会系列。而且这个音乐会将做世界巡演，还要回到中国来。你一定没想到事情竟会这么巧合吧？具体情况是怎么样的？

刘索拉：

请同学们聚会，召开这个音乐会系列原先是我对艺术节的建议，因为我们班的同学们都是致力于中国音乐文化的音乐家，而我们班的聚会将是一个很好的对中国现代音乐探讨的机会。我当时只是想到德国现代音乐对中国现代音乐的影响和我们班同学们为尽力摆脱西方音乐影响而做的种种努力，还有国内外对我们探索的争议，尤其是国内音乐界对我们做法的种种疑问等等，都是很好的讨论话题，非常适合在德国这样一个有古代和现代音乐历史和发明古代与现代音乐体系的国家里进行这种讨论。所以我把手里所有同学们的录音都拿给艺术节听了。但是后来没想到著名的德国现代室内乐团友情介入了这件事，没想到艺术节要用我的小说名字冠为音乐会的题目，也没有想到这个音乐会将巡回到国内来，更没有想到国内出版社要再版我的小说。所有的这些都是巧合。

五　关于先锋派

老木：

　　看看你走过来的路，除了写小说被称为中国现代小说的先锋之外，在音乐上也总是做似乎很冒险的事情。比如曾经写了中国第一部摇滚歌剧，当时就不能演；又是第一个去美国黑人大本营学蓝调的中国音乐人，让人长期不理解；好不容易被西方称为"唯一有资格参加新奥尔良爵士音乐节的中国音乐家"和"唱中国蓝调的淑女"，又开始研究"跳大神儿"；现在又成了第一个要主演自己歌剧的作曲家。所有的这些事情似乎都不主流正统，听着就玄乎，找不到先例，大家都是试图想理解你做的事情，所以只好用各种名词来解释你，比如说你是先锋派。这里摘自你以前和郝舫的对话：

　　"说实话，连先锋这两个字我也不爱提，我不想把自己列入所谓的先锋，我倒不是特别反对脱离群众这类的，但许多人在谈到自己作品的先锋性时，其实都是上世纪六七十年代或者更早的先锋意识，真的是太陈旧了。现在艺术形式发展得那么多，五花八门，观众其实也没那么傻了，他们的要求非常高，别以为（在展厅里）挂一根绳子就会让他们觉得特别有哲学意味，这种绳子已经挂得太多了，来看的人比你所知道的东西多得多，艺术要求也高得多，比如说是画家、学者、电影家或另类艺术家，他们对艺术的理解要先进得多。

　　"所以，有时候艺术家自己觉得艺术家要高于理论是特别可笑的，有些艺术家称自己……就是领导潮流的，今天躺地上打滚你们就得看着，评论家没权利说我不能这样打滚等等。这叫扯淡，叫没文化。因为所有的艺术领域都已很发达，已经唬不了人了，没有一个东西是能唬住所有人的，没有东西能代表所有人。不像从前几本书就能表达所有人的心声，现在电影、建筑、服装……尤其是美学和文化研究已经非常发达。所以我不想怎么当先锋的事，不然脑袋会更疼。我觉得最舒服的事，莫过于享受音乐创作的过程。"

　　现在你怎么看这些话？

刘索拉：

　　现在我仍旧认为最懒惰的对艺术的解释就是称一部作品或者一个艺术家为"先锋派"。叫我"先锋派"还不如叫我"冒险家"或者"土匪"呢。

尾声

老木：

大家都觉得写你不容易，所以最后只能用这种对话的方式来给读者提供最客观的关于你的故事。

刘索拉：

关于我的故事太多了，来回地接受这类采访我自己都听腻了，而且经过写作的人拿感情一发挥，我就成了某种形象。我不喜欢当形象，无论是浪漫的形象还是一个文化的形象还是一个糊涂的形象还是一个神秘的形象。我没有形象。所以我怕别人写我。生活就像是气体，所有的人物形象都不是真实的，你看着表面上明白的人可能心里是最糊涂的，看着糊涂的人可能最明白。什么样的事情都早就发生过了。所以还是瞎聊天儿吧。

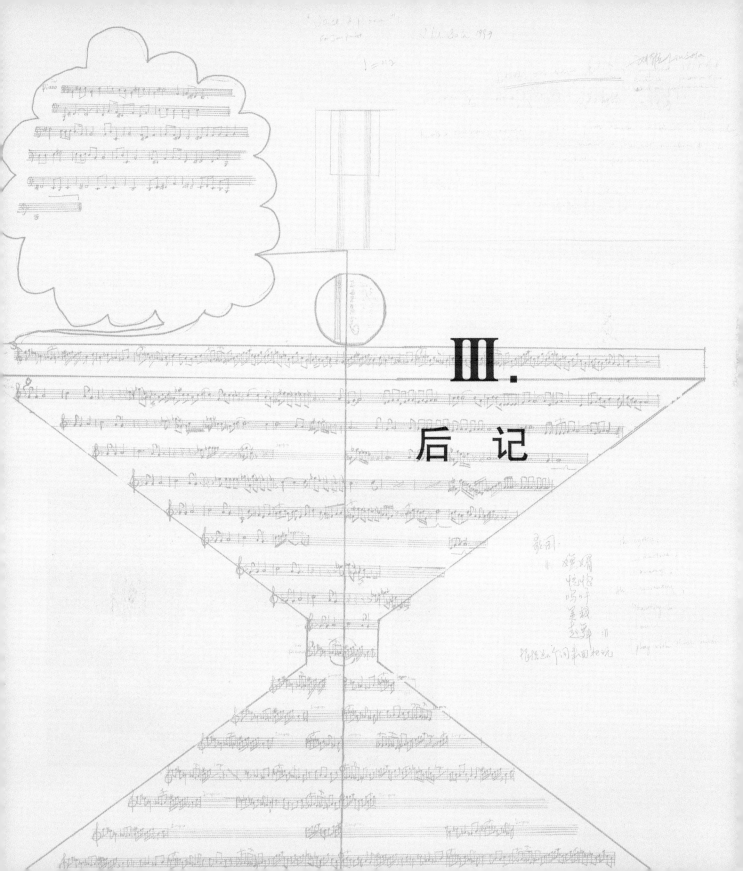

III.

后 记

■ 生命的表演

阿克巴·阿巴斯/文

I. 现场演出

　　这是一组音乐家演出照片。我们看到他们的凝聚力和张力，以及他们如何专注地对待手中的较量。最终我们看到的是，何谓今天的音乐家。音乐家可能是某种娱乐人，或也可能要做娱乐人，但是最终，除了保持娱乐性，她同时使一个古老的奥秘再现和存活下去，那就是，音乐中的秘密和不安的能量。那些刘索拉、爱米娜·梅亚、杨靖的演出照片中呈现的仪式感并不是偶然的，这三个女艺术家半开玩笑般地形容自己是"三个巫婆"，也并不全假，因为音乐家其实就是一种灵媒，是那种可以在真实的已知世界和同样真实的未知世界之间建立联系的人。真正的音乐家是在当音乐面临着要从我们生活中消失的危险文化时刻，用现场演出来保持这些灵媒联系开放的人。

　　音乐的消失不是在它没有被听到时——今天无疑是历史上有最多的音乐在被播放的时代——而是当音乐的能量被挤压成某种服务而失去本原时。音乐的消失是当它被赋予宣传品的意义，或变成背景声音，或仅仅成了感恩的工具。在这个录音的时代，充斥了数码式操作、假唱和机器制作的声音，因此当身体重新被介绍回音乐时，现场演出，就变得尤为重要。和那些我们常见的性炫耀却并不性感的音乐录像不同——那些诱人的包装是为了推销平庸的表演，只有以音乐中的身体才能带我们回到音乐家即声音灵媒的概念。也正如同灵媒，音乐家在演出时是在用个人的身体去和某种非个人性发生

刘索拉、Amina、杨靖（从左至右）

录像截图 2007. ⓒ 刘索拉（北京）音乐工作室提供

联系。在每一次完美的演出中，我们看到紧张的凝聚力和纯爆发力结合的悖论，当身体经过了长时间的戒律，突然在瞬间忘我，离开了原形。

为了这种专业悖论，绝不能装假。某种意义上说，现场演出和录音不同，是永远的赌博，却没有成功的保证。这就如同是真正的赌徒绝不会作弊 —— 因为他们相信作弊会使幸运反转为敌，所以真正的音乐家在演出时也绝不会作假。每一个小作假都会导致假音符，尤其是当音乐家即兴演奏的时候。演出还可以和赌博有另一种比较。如同赌徒，一切取决于音乐家做了多少准备去冒险和要冒多少险，要在危险和不可知的领地里走多远。这些照片抓住了音乐家的形象，也只有照片能做到这点，在演出的不同瞬间中冒险。

刘索拉、Amina C.Myers 1997.
© 刘索拉（北京）音乐工作室提供

II. 双重生活

所有的音乐家似乎趋向双重生活：一个在演出时的生活和一个脱离演出的生活；不知哪个更真实。另有一组照片主要展示给我们音乐家们在演出的前后。我们看到他们为音乐会排练，讨论乐曲中特殊乐段的演奏法，出错，再排练。这是音乐家每天的生活，一种奇特和有严格要求的生活，只有拿这方式当成职业的人才会觉得高兴，因为准备和剖析永远不会结束。对于外人来说，音乐家像是属于某种修道院或秘密团体。他们彼此用隐秘手势和隐藏信号来互相识别。这可能是因为有某种音乐式规则对于非音乐人来说不会察觉或理解。

某种意义来说，音乐的训练不同于任何一种文化和艺术上的追求。比如它非常不同于写作。写作大体是独处而为。作家独自工作，喜欢处于安静空间，哪怕在写作中她／他必须和来自想象中的角色们展开活跃对话。音乐家却永远是与那些分享声音的同行相互合作。作音乐是永远要把时间花在群体中，每个成员都要学会听到乐队另外成员的声音。领奏的也要伴奏，伴奏的也要领奏。这种必要的倾听是音乐家社会和专业生活的重要暗示。这是演奏家们在音乐中成为强大同盟的根本。在这些照片中此点清晰可见。

有几张照片显示了音乐家和自己乐器的特殊关系，无论是琵琶、吉他、钢琴，或是人声。它把我们指向音乐家生活的另一面，当独自面对自己的乐器时，私密和孤独。乐器，可以说，不仅是个作音乐的工具，它更是个事业伴侣。演奏者的同盟性也延伸到这些乐器上，它们被视若知己而得到保养和尊重。当音乐家花大量时间来清理、调整或把他们的乐器个性化，他们不是恋物而是与物结缘；可以说，他们把乐器视为活物而非死具。

III. 游戏乐谱

有一组照片展示了几张不寻常的刘索拉乐谱。首先我们会感到它们有何等的生命力。这些乐谱不属于抽象记谱法。它们是学院训练和街头游戏的产物。它们每一张都非常迷人有趣，生理性和泥土气与多重性的复杂并存。这些乐谱并不属于同一平面。 它们有时可以折叠起来如同一把中国扇子或一个记忆。哪怕所有的事情看起来不过是发生在一个平展的乐谱纸上，复杂并列和局部冲突提示了多重平面性的参与。如同照片的魅力，这些乐谱不仅是记忆工具，它们且表演记忆。所有已谈及的关于音乐是身体和表演的说法都以奇怪的形状和形式再现于这些非凡的乐谱中。

刘索拉电影音乐乐谱设计
2006. ⓒ 刘索拉（北京）音乐工作室提供

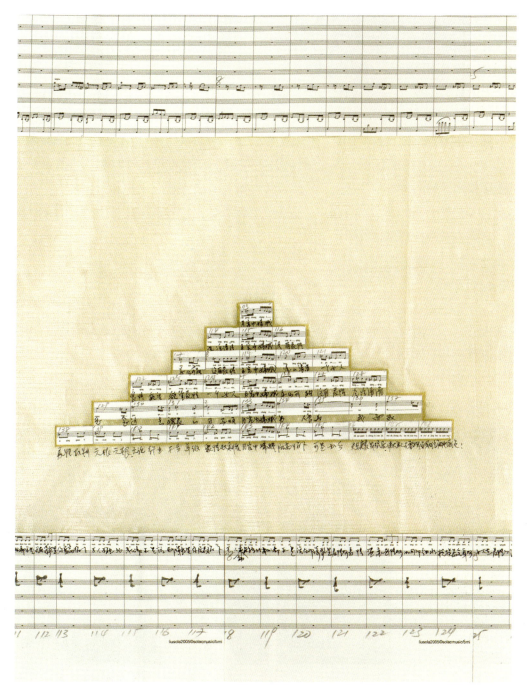

刘索拉歌剧《惊梦》总谱局部摄影　　摄影／雅昌　Ⓒ 刘索拉（北京）音乐工作室提供

如果只说这些乐谱不过是独特记谱法那就错了，它们以自己的方式作为明确案例来证实如何弄懂音乐。它们在这里无疑地断言，音乐不仅是关乎耳朵还关乎眼睛。在它们向我们显示的那些戏剧化的视觉冲击力中，乐谱在提示我们可以"看到"音乐，正如我们可以"听到"物质。另有一些乐谱竟利用物体的图形，哪怕这些物体的形状并不是在现实中可以辨认的。 但是当看与听的界限被混淆后，一个基点就展示出来，也就是说我们对音乐的反应，如同对音乐的创作，需要我们用整个身体的官能而不仅是局部。它们提出音乐的升华不是在感官的分离中，而是在感官交互和创作力交叉穿越之时。如果合理性使世界变得厌倦及身体化解，并将世界肢解为支离破碎以易控制，那么用音乐可以使世界重新苏醒，将人们对身体的记忆组合起来。音乐，如同身体，它们是最直接最亲近的同时又是最神秘和莫测的。这是刘索拉乐谱付诸的悖论。

IV. 设计动作

我们都知道在京剧中有一些基本的手势形态和身体动作。这些形态和动作有些是用心编导出来的，包括大规模的舞台表演。但是还有一些很微小的毛细动作从编导的动作中溜出来，那是一些不能被事先设计的动作，是演员们无意识露出的形态，如同个性签名般独到。摄影能够把这些如同呼吸般的小动作记录下来，而这些设计外的动作形成了动作设计的整体。

模仿梅兰芳手势
摄影 / 吕乐 2006. © 刘索拉（北京）音乐工作室提供

录像截图 摄影 / 陈丹青 1999.
© 刘索拉（北京）音乐工作室提供

有些在刘索拉演出中抓拍的照片说明了这类动作。在这类形象中，我们能感到身体自有一种要求和它的逻辑。它的动作是无意识但不是随意的，它引导着声音并变成了声音的一部分。 通过刘索拉专注演唱的形象，我们能再次提出关于身体的问题，我们到底知道多少自己的身体。知道身体，可以说，不是把身体当作另外一个东西来学习，而是要学着接受一种智慧。这就是音乐的极致贡献，因为只有音乐可以优美与自然地示范出，知性同样是身体的，而不仅是头脑的产物。音乐可能是最好的领人进入无知境界并与其建立关系的艺术。

2007. © 刘索拉（北京）音乐工作室提供

165

原文：

166

PERFORMING LIVES

Ackbar Abbas

I. LIVE PERFORMANCE

This is a series of photographs of musicians in performance. We see their concentration, their intensity, and their absorption with the task at hand. But above all, we see something of what it is to be a musician today. A musician may be in some ways an entertainer, she may even want to be an entertainer, but ultimately, and without ceasing to be an entertainer, she is also re-enacting and keeping alive an ancient mystery, namely, the secret and disturbing power of music. It is not accidental that there is something of the ritualistic in these photographs of Liu Sola, Amina Myers, and Yang Jing in performance. These three women artists like to describe themselves half-jokingly as 'the 3 witches'. This is only half a joke, because the musician is in a literal sense a MEDIUM, someone who enables a form of communication to take place between a real world that we know and an equally real world that we do not know. The true musician is someone who keeps these lines of communication open, and by doing so keeps music alive, at a cultural moment when music threatens to disappear from our lives.

Music disappears not when it is not heard--there is indubitably more music being played and broadcast today than at any other moment in history--but when its power is pressed into the service of something other than itself. Music disappears when it is turned into 'meaning' as in propaganda music, or when it becomes background sounds, or when it is the object of mere 'appreciation'.In an age of studio recordings, digital manipulations, lip-synching and disembodied sounds, LIVE PERFORMANCE, when the body is re-introduced to music, becomes especially important. This has nothing to do with the flaunting of the kind of sex-without- sexuality that we find in so many music videos, where attractive packaging is used to promote mediocre performances. Rather what the body-in-music takes us back to is the notion of the musician as the medium of sound. Exactly like a medium, the musician in performance uses the personal (the body) to communicate something that is impersonal. In every great performance, we find the paradox of intense concentration going together with pure spontaneity, where the body after a long period of discipline can, in a moment literally of ecstasy, take itself out of the body.

For the paradox to work, there can be no faking. In a sense, a live performance, unlike a studio recording, is always a gamble, where there is no guarantee of success. Like true gamblers who never cheat--because they believe luck will turn against them if they do--so true musicians in performance never fake. Every bit of fakery will result in a false note, especially when the musician is improvising. Performance can be compared to gambling in yet another way. Like gambling, it is a question of how much the musician is prepared to stake, of how many risks she is willing to take, of how far she wants to go into dangerous and unfamiliar territory. These photographs capture images of musicians, as only photographs can do, in the risky in-between moment of performance.

II. DOUBLE LIVES

All musicians it seems lead a double life: a life during the performance and another one away from it; and it is unclear which life is more real. Another set of photographs mainly shows us musicians before and after a performance. We see them rehearsing for a concert, discussing how a particular passage of music should be played, making mistakes, and starting all over again. This is the everyday life of the musician, and it is a peculiar and demanding life that only those who feel a vocation for it would feel happy with, because the preparations and post-mortems never stop. To the outsider, musicians seem to belong to a monastic order or even to a secret society. They seem to recognize one another through covert signs and hidden signals. That may be because there may be an order of music that the non-musician just does not perceive or understand.

In some ways, the practice of music is very different from other kinds of cultural and artistic pursuits. It is very different from writing for example. Writing is essentially a solitary affair. The writer works alone, preferably in a quiet space, even if in the writing itself she has to carry on animated conversations with a host of imaginary people. The musician on the other hand always works in collaboration with other musicians who share with her the world of sound. Making music is always to begin with a group effort, where one member learns to listen to others in the group. The leader also follows, the follower also leads. This imperative to listen has important implications for the musicians' social and professional life. It is essential to the making of music that a strong camaraderie exists among the players. This is clearly one of the things we see in this set of photographs.

There are a few photographs in the set that show the musician's very special relationship to his or her musical instrument, whether it is the pipa, the piano, the guitar, or the voice. And this points us to the other side of the musician's life, to its private and solitary side, when the musician is alone with her instrument. The musical instrument, let it be said, is not just a tool that the musician uses to make music with; it is more a partner in a joint enterprise. The camaraderie among players extends also to the instrument, which has to be taken care of and respected like a comrade. When musicians spend what seems to be an inordinate amount of time cleaning, tuning or personalizing their instruments, they are not fetishizing but cultivating them; that is to say, they are treating them as live and not dead objects.

III. KNOWING THE SCORE

A group of photographs shows us a number of unusual looking musical scores by Liu Sola. The first thing we notice about them is how lively they are. These scores are not a form of abstract notation. They are the product of both conservatory training and street smarts. There is something very sensuous and playful about every one of them, something physical and down to earth but also complex and multi-dimensional at the same time. The scores lie not just on one plane. Sometimes they could be folded up like a Chinese fan or like memory. Even when everything seems to take place on the flat surface of the musical sheet, the complex juxtaposition and collision of parts suggest that multiple planes are involved. Like the fascinating photograph, these scores too are not mere mnemonic devices; rather, they perform memory. Everything that has been said about music as body and performance is re-enacted in the strange shapes and forms of these extraordinary scores.

It would be wrong however to think about these scores as just an idiosyncratic form of notation. In their own way, they make a strong statement about how music could be understood. Music, they implicitly assert, addresses not just the ear but also the eye. In the dramatic visual impact they have on us, these scores suggest that we can 'see' music, just as much as we can 'hear' objects. Some of these scores even take the shape of objects, even if these objects have shapes that are not readily identifiable. But in this blurring of the boundaries between 'seeing' and'hearing', a more basic point is suggested, namely that our response to music, like our creation of music, requires us to use the whole of our bodily faculties and not just a part. They suggest that 'music' promotes not the separation of the faculties but their interaction and fertile crossovers. If the rationalisation and disenchantment of the world is associated with its disembodiment, its dismembering into separate bits and pieces that allows them to be more easily mastered, then the re-enchantment of the world, through music, would consist of what could be called the remembering of the body. Music, like the body, is both what is most immediate and intimate and at the same time what is most mysterious and other. This is the paradox that Liu Sola's music scores enact.

IV. CHOREOGRAPHING MOVEMENT

It is well-known that in Chinese opera, performers made use of a standard repertoire of hand gestures and other body movements. Some of these gestures and movements are consciously choreographed, and these would include the large overall movements that players perform on stage. But there are also the small capillary movements that escape the choreography, movements that cannot be designed because they are part of each performer's unconscious repertoire of gestures, as unique as a personal signature. The photograph has the ability to catch these small movements, which are like a kind of gentle breathing; and choreographing movement will have to take account of all the movements that escape choreography.

The photographs of Liu Sola in the middle of a performance provide a good example of this kind of movement. In such images, we sense that the body has a will and a logic of its own. Its movements, unconscious but not uncontrolled, lead the voice and become part of the voice. In the images of Liu Sola completely focused on singing, we can take up for one last time the question of the body and what we know of our bodies. Knowing the body, we can now say, is not a matter of taking the body as yet another object of study, but rather of learning to accept what might be called its wisdom. This is what music supremely has to offer because it can demonstrate so beautifully and naturally that understanding is also corporal and not a matter of the mind alone. Perhaps more than any other art, it allows us to have a relation to what we do not yet understand.

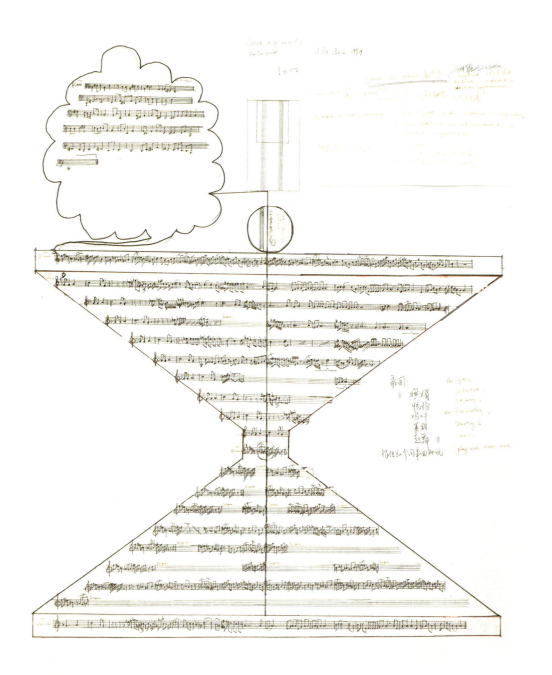

刘索拉作品《醉态》 1997.纽约　摄影／雅昌　© 刘索拉（北京）音乐工作室提供

特殊感谢

这个既不是摇滚乐队又不是民族乐队又不是学院派室内乐队的特殊乐队，如果没有这么多年各界朋友们的支持，是不可能一直存在到今天的。因此这里要特别感谢：

一直在鼓励我的音院恩师杜鸣心先生；为我启蒙中国音乐哲理的赵宋光先生；我从小的声乐偶像王昆阿姨；在纽约支持我成立小乐队的艺术家陈伊莹修女；一直陪伴我做音乐实验的纽约音乐伙伴们；帮助我成立"刘索拉与朋友们"中国乐队的德国世界文化大厦（HKW）；所有对我们乐队有过帮助的人，所有对我的中国音乐学习有过帮助的人，在我们的艰难中及在我生病期间给予我们真诚支持的朋友们，诸如（按a-z顺序）：

阿城，鲍昆，蔡杰，陈丹青，Francis Coppola（弗兰西斯·科波拉），池丽萍，崔永元，刁忠，窦文涛，郭碧松，郭文景，洪晃，侯德健，黄素宁，Huo Bill，霍小红，江青，江榕，姜东，姜文，贾祥，老安及摄影团队，老丹，刘丹，李四梅，栗宪庭，黎小冰，李晓云，廖一梅，龙玺龙涛兄弟，罗点点，梅娘（孙嘉瑞），宁瀛，佩钰，郄春来，齐越，瞿小松，荣念曾，石京生，3时服饰，史铁生，舒可文，苏泓月，苏小明，孙孟晋，陶斯亮，田青，腾云龙律师事务所，涂松，万捷及雅昌文化集团，王朔，王一婷，萧大忠，萧燕，徐坚，徐霞，严力，杨迎生，叶小纲，于捷及清澈摄影，余隆，云浩，张蕾，张玉川，珠海宁远伟业投资公司等。

感谢：
黄土情联谊会，湖北陕西商会，重庆陕西商会，珠海陕西企业促进会，湖南省陕西商会，沈阳北方传媒，安徽省陕西商会，清华EMBA上海同学会，北京博源太和生物科技有限公司等。

几乎所有我的朋友们都是我们乐队的支持者，在这里哪怕不点名也一并谢了。
感谢诸多媒体朋友们长期以来的关注。
感谢在本书中所有的摄影者们。谢谢你们的支持！

仅用此书
祝福梁和平的康复；
怀念安志刚，甄建华。

从过去直到今天，这个乐队一直被诸多朋友们关注和支持着。对于我来说，站在艺术作品背后的不是权贵而是我喜欢的朋友们，就足以使生命更愉快了。

摘录朋友们的话（很多朋友们都给我写过鼓励之言，但大部分都随着不停更新的电话和信息而遗失，这里发表的仅是来得及留存的，并不是故意摘要的）：

史铁生画于2007年

第一次听爵士乐，没想到是这样。一开始有些诧异，但两分钟后就听进去了，听得发呆。它怎么会吸引了我，我也没搞清楚，说句套话，可能是因为很贴近生命。并不是说贴近生活，我一直相信艺术是不应该模仿生活的，无论音乐还是舞蹈，一直接对生活说三道四，就窄了。生活就在外面，昏天黑地的到处都是，可你要从那里面听出什么来就不能单靠模仿它，而要靠你的领悟。生命呢？生命是放在生活里折磨的，折磨久了，它就会听出与生活呈现出来的大不一样的东西。

那些曲目的标题我都记不清了。有一个，刘索拉报幕时说：就是"跳大神儿"。在农村我见过跳大神儿的，直接见它的时候觉不出那里面还有美在，现在，音乐把它剥离出来了，就是说给了你一个新的角度看它，一个料想不到的位置，把你引上了另一种思路。

音乐确实是最高级的艺术。越是抽象的形式，越是能有更广阔的表达。所有的艺术，都是想以有限通向无限，音乐得天独厚。我想，刘索拉有可能就是觉得小说太不过瘾，所以还是回到音乐里去了——这是我瞎猜。但小说（以及散文）或许可以由此获得一个启示：注意音乐性。那就要看重形式，不单是有内容就够的。

史铁生（作家）1999年11月23日

今天这个音乐会是那么令人激动和不同寻常。看到那些年轻人充满非凡的激情演奏那些乐器……我从未听到过的声音。那人声对我来说像一个未知的王国。精彩！

科波拉 （《教父》与《现代启示录》导演）2012年

索拉就像是一个声音巫师。音乐会有种原始部落的气氛，索拉穿着黑袍，像巫师一样飘荡出场开讲，她当司仪，当导演，当评论，当独唱，那角色过渡中正是她的本色。每首乐曲的内部起承转合结构及琵琶鼓声人声乐色的互动结合实验。这样的呼与吸的呐喊声音实验里，泥土传统仿佛脱胎换骨，升华成为浮在半空简约永恒的气流。

荣念曾 （现代戏剧导演，香港进念剧团创始人）2012年

听觉的新鲜经历

北京798作为一个艺术发生场所已经好几年了，各种画展、装置艺术和行为艺术我都去看过，而这一次是第一次去听露天的现场音乐会，表演者是"刘索拉与朋友们"乐队。一看这名字我就知道很前卫很探索的，再加上嘉宾有唐朝乐队的老五——也早就听说他退出唐朝乐队，自己专研独门的吉他技术很有创意。这台音乐会时间不长，一个小时多一点儿，但是其中的乐器包括了中西方的主要乐器，也就是说糅合了这些乐器的特色，再加上刘索拉的没有歌词的吟唱——我的理解是她的声音也是作为一种乐器出现的，这个乐器发出的声音还包括了中国古典的调子穿插其中——令人产生又熟悉又新鲜的感觉。我并不是一个学音乐的，但据站在我身边的资深音乐家李苏友评价说，尽管索拉的

吟唱时高时低，但没有一个声音是跑调的，这是很难的。另外，那些繁忙的乐器好像是在与索拉的人声对话，发出各自现场需要的声音。还要指出的是，因为使用了人的哼、吟、喊、鸣等，对其中的情绪起伏，观众当然有同为此类"人乐器"的理解。另外，老五的吉他，简直就是随着索拉声调起舞的样子，有很多平时见不到的指法在琴弦上飞舞，感觉上有很多即兴的配合，让人在听觉与视觉上产生惊奇感。曲目上索拉也运用了各种题材甚至典故的名字，请看节目单：生死庆典、鸡赶庙会、飞影、鞋舞、妈妈的乖儿、仙儿念珠、节奏密码、老五和张仰胜、爸爸椅、伯牙摔琴、行路难、广场。这些表演的曲目在表演时就如前面说的，是没有歌词只有人声的哼吟鸣吼变化与不同乐器的配合，有些似乎能听出传统民歌或者其他什么剧腔（京剧、昆曲等等）的糅合，但它们又是一种新的声音经验，根据曲目并非就能明了曲目文字的含义。我认为这就是给予观众按照各自对音乐的经验去各取所需的空间，曲目也仅仅是一种文字的变化和微妙的线索提供，不必去刻意追究字面的意义，这里的文字也像是一种隐喻，与声音的隐喻是一致的。

但作为音乐的视听效果，则是现代的阐释，也就是说在这场没有明确歌词只有各种音乐本身旋律的经历中，观众听的是一场另类的"交响乐"。我对这场音乐会的评价是相对于传统交响乐来说的，我们这一代人对传统交响乐已经麻木了，原因就是，我们的原创在哪里？我们的抽象思维和音乐在哪里？所以，把索拉这场有许多创作探索的音乐会当作交响乐来听的话，就有很多新的时代以及中国元素了。索拉既是表演者又是指挥，显得很灵动很自由。我心想：现代交响乐可以是这个样子的。另一位观众说："索拉的声音就是一个多变的乐器，而老五的吉他是一个会说话的人！"

严力（诗人，"星星画会"成员，《一行》诗刊创办人）2012年

······

刘女士出场，一袭有魅力的黑色时装，衬得她挺拔潇洒。她曼声轻吟了，琴也相对淙淙而起。刘女士的歌不配歌词，又是据说：她歌遍世界皆无歌词，都应该是种吟哦吧！吟哦出心声来。刘女士介绍说，她献上的这首曼歌叫《爸爸椅》，创意是椅子腿和椅子座的对话。我思忖：椅子腿是立着的，是竖的；椅子座是平着的，是横的，这是种相对，又是种相持。腿和座的对话当然不会完全是竖和横的纠缠，能是支撑与被支撑的相争吗？没有歌词的借助来领悟其中的奥秘，只有靠那有时温婉有时铿锵的吟唱来捕捉意境了······

这是一出张扬个性的吟唱，声调之多转有大珠小珠落玉盘的叮咚，有微风戏水的潺潺，也有突发的一声裂帛。总之是一条精心购置的声之流，极尽起承转合之能事。如果说每一组和声都是一种人生态度的话，那就看你怎样领悟了。

刘女士是行遍世界的歌人，那种沉甸甸的以男性为中心的社会态相可能早已被她穿透。她在挥洒着女人的轻柔、女人的细致，更多的是一种生活在富裕平台上才可能有的抒情。如果，女人、众多的女人，都能有一个自己抒情的平台，那该是多么祥和的境界，那才是真正意义上的现代化吧！……

听众中，靓女不少，不知道她们听了这组和声，会不会引发思索。这组既挑战男人又妥协男人的如簧之声，至少标明了女人正在前进，正在大力驶往"自由女人"的彼岸。这无疑是好事。加拿大的民主积极分子Nelliie Mclung说："国家的前途依靠于妇女的社会地位。"刘女士的歌声标明了她已经到达了"自由女人"的彼岸，众家姐妹，随之则个。核心是：必须像索拉一样紧握坚韧。

梅娘（原名孙嘉瑞，中国第一代女性主义作家）2003年

……我是抱着一颗虔诚的心，来听你们音乐会的。我感到在音乐的世界里率性而为的刘索拉，这次是洗尽铅华，将中国民族音乐拉回到拙朴甚至有点原始的古风时代，一点都不炫耀却又很酷，让我这个门外汉很震撼——原来民族音乐可以是这样来表现的！……

祝贺你们成功，并希望能将中国音乐带往世界。

陶斯亮（爱尔慈善公益基金会创建人）2016年

在我们最传统的音乐概念中，音乐就是旋律。刘索拉的音乐告诉我们，音乐还可以是节奏，当然这也是常识。在人类开始发声时，他们敬畏自然、亲近自然，饱受摧残与享受片刻温暖时，一声长叹与一声哀嚎，一阵癫狂与一阵喧闹，悄声细语、长歌当哭、受不了、无所谓……统统是内心的表达。由此衍生的音乐一时还顾不上旋律和声等等，也许就勉强是个节奏。我们没有证据，只好随刘索拉一同回去，每后退一步，心就干净些。

崔永元（著名主持人）2016年

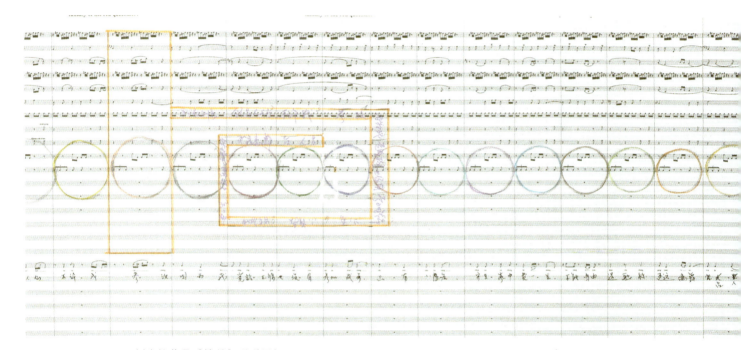

刘索拉作品《惊梦》乐谱局部　　　　摄影 / 雅昌　　ⓒ 刘索拉（北京）音乐工作室提供

图书在版编目（CIP）数据

浪迹声涯：刘索拉与朋友们 / 刘索拉著 . -- 北京：作家出版社，2022.7
ISBN 978-7-5063-9897-8

Ⅰ . ①浪⋯ Ⅱ . ①刘⋯ Ⅲ . ①中国文学 - 当代文学 - 作品综合集 Ⅳ . ①I217.2

中国版本图书馆 CIP 数据核字（2018）第 025161 号

浪迹声涯：刘索拉与朋友们

作　　者：刘索拉
出版统筹策划：汉　睿
封面装帧设计：孙惟静
内文设计：曹全弘　孙惟静
责任编辑：李　娜
出版发行：作家出版社有限公司
社　　址：北京农展馆南里 10 号　　邮　　编：100125
电话传真：86-10-65067186（发行中心及邮购部）
　　　　　86-10-65004079（总编室）
E-mail:zuojia@zuojia.net.cn
http://www.zuojiachubanshe.com
印　　刷：北京尚唐印刷包装有限公司
成品尺寸：215×230
字　　数：100 千
印　　张：11.625
版　　次：2022 年 7 月第 1 版
印　　次：2022 年 7 月第 1 次印刷
ISBN 978-7-5063-9897-8
定　　价：118.00 元